KB110815

랭보의 마지막 날

▪ 이 도서의 국립중앙도서관 출판시도서목록(CIP)은
서지정보유통지원시스템 홈페이지(http://seoji.nl.go.kr)와
국가자료공동목록시스템(http://www.nl.go.kr/kolisnet)에서 이용하실 수 있습니다.
(CIP제어번호: CIP2017034793)

랭보의 마지막 날

이자벨 랭보

백선희 옮김

마음산책

옮긴이 **백선희**

덕성여자대학교 불어불문학과를 졸업하고 프랑스 그르노블 제3대학에서 문학
석사와 박사 과정을 마쳤다. 로맹 가리, 밀란 쿤데라, 아멜리 노통브, 피에르 바
야르, 리디 살베르 등 프랑스어로 글을 쓰는 중요 작가들의 작품을 우리말로 옮
겼다. 옮긴 책으로 『마법사들』 『흰 개』 『레이디 L』 『밤은 고요하리라』 『하늘의
뿌리』 『웃음과 망각의 책』 『예상 표절』 『올랭프 드 구주가 있었다』 등이 있다.

랭보의 마지막 날

1판 1쇄 인쇄 2018년 1월 1일
1판 1쇄 발행 2018년 1월 5일

지은이 | 이자벨 랭보
옮긴이 | 백선희
펴낸이 | 정은숙
펴낸곳 | 마음산책

편집 | 이승학 · 최해경 · 최지연 · 성종환   디자인 | 이혜진 · 최정윤
마케팅 | 권혁준 · 김종민   경영지원 | 박지혜

등록 | 2000년 7월 28일(제13-653호)
주소 | (우 04043) 서울시 마포구 잔다리로 3안길 20
전화 | 대표 362-1452 편집 362-1451   팩스 | 362-1455
홈페이지 | http://www.maumsan.com
블로그 | maumsanchaek.blog.me
트위터 | http://twitter.com/maumsanchaek
페이스북 | http://www.facebook.com/maumsanchaek
전자우편 | maum@maumsan.com

ISBN 978-89-6090-357-9 03860
     978-89-6090-359-3 (세트)

* 책값은 뒤표지에 있습니다.

사람에게 분배된 신의 불꽃이
네 영혼 속에서는
활활 타오르는 아궁이가 되었어.

나는 행복하기 위해 이 땅에 오지 않았다

백선희

음악 쪽에서 우리가 조숙한 천재로 가장 먼저 떠올리는 인물이 모차르트라면 문학 쪽은 단연 랭보가 아닐까? 그가 시인으로 활동한 것은 불과 4년 남짓, 꼼꼼히 헤아린 이는 42개월이라고 말한다. 그런 그가 프랑스 문학사에 남긴 자취는 크고 깊다. 그는 보들레르의 뒤를 잇는 프랑스 상징주의 대표 시인으로, 초현실주의의 대부로, 시를 변혁한 시인으로 꼽힌다. 아폴리네르, 발레리, 클로델, 말라르메, 다다, 초현실주의자들, 19세기 이후 모든 아방가르드들이 그가 연 길을 따랐다. 게다가 랭보만큼 오래도록 대중의 사랑을 받아온 시인이 또 있을까. 그의 시집은 가장 많이 팔린 시집 가운데 하나로 꼽힌다. 1912년에 랭보 시집을 출간한 메르퀴르드프랑스Mercure de France 출판

사는 1990년대 초, 랭보 시집을 영어로 옮긴 번역자에게 "그간 랭보의 책으로 먹고살았다"라고 털어놓았다.(윌리스 파울리, 『반역의 시인 랭보와 짐 모리슨』, 민미디어, 2001년, 25쪽.) 랭보는 젊음과 반항의 우상으로특히 60, 70년대 록 가수들의 추앙을 받았다. 슈퍼스타들도 랭보에 대한 남다른 애정을 드러냈다. 짐 모리슨은 랭보 시집을 영어로 번역한 번역자에게 감사편지를 쓸 정도였고, 밥 딜런은 노랫말에 랭보를 담기도 하고 가장 좋아하는 시인이라 말했으며, 영화〈헬프〉에서 비틀스의 링고 스타는 랭보의 시 구절을연상시키는 장면에서 실제로 랭보의 시를 프랑스어로 읊기도 했다.(눈 덮인 산 위에 검은 그랜드피아노가 놓인 장면은 랭보의 시 「대홍수 이후」의 "마담***은 알프스에 피아노를 가져다 놓았다Madame*** établit un piano dans lesAlpes"를 연상시키는데, 피아노 의자에 앉은 링고 스타가 랭보의 이 시 구절을 읊는다. 윌리스 파울리, 같은 책, 43쪽.)랭보가 죽고 126년이 흐르는 동안 수많은 예술가들이 그에게 오마주를 표했다. 〈아르튀르〉〈랭보〉〈랭보처럼〉〈랭보의 노래〉〈Go, 랭보 Go!〉〈가련한 랭보〉

〈랭보가 되라〉〈랭보의 꿈〉〈랭보를 위한 무지개〉〈저주받은 탐험가〉〈랭보, 되찾은 영원〉〈랭보, 시인으로 이 땅을 살다〉 등의 제목을 단 노래, 시, 소설, 만화, 연극, 오페라, 영화, TV 다큐멘터리, 그림, 조각……온갖 형태의 예술 작품이 랭보를 기린다.

프랑스 문학의 거장들은 저마다 자신의 말로 이 천재 시인을 규정했다. 폴 베를렌은 그를 "바람구두를 신은 사내"라고 했고, 앙드레 브르통은 "젊은이의 신"이라 칭했으며, 알베르 카뮈는 "가장 위대한 반항 시인"이라 말했다. 앙토냉 아르토는 랭보가 "시의 비밀스러운 삶을 발견해냈"다고 말했고, 앙드레 브르통은 그가 "시를 혁신"했다고 단언했고, 자크 리비에르는 "랭보가 이 땅에 다녀간 건 인류가 겪은 가장 놀라운 모험 중 하나"라고 극찬했다.

많은 사람이 이렇게 랭보에게 매료되는 건 꼭 그의 시 때문만은 아니다. 일찍 천재성을 드러내고 열아홉 살까지 불을 토하듯 도발적인 시를 쏟아낸 뒤 스무 살에 절필하고는 단 한 편의 시도 쓰지 않고 아프리카를 떠돌다가 서른일곱 젊은 나이에 세상을 떠난 그의 삶 자체가 신화가 되었기 때문이기도 하다.

   장 니콜라 아르튀르 랭보는 1854년 10월 20일, 프
랑스 북동쪽, 벨기에 국경에서 10킬로미터 정도 떨어
진 샤를빌Charleville에서 태어났다. 습해서 안개가 잦
고 단조롭고 음울한 곳이었다. 군인인 아버지는 늘
부재했다. 아들의 출생 순간에도 없었던 아버지는 어
쩌다 불쑥 나타났다가 사라지곤 했는데, 1860년 봄
에 며칠을 가족과 보낸 뒤 다시는 나타나지 않았다.
어린 랭보는 지적 욕구와 탐구심이 남달라서 수사학,
라틴어 작문, 프랑스어 작문, 라틴어 시, 라틴어 번역,
그리스어 번역, 암송 등 모든 과목에서 상을 휩쓰는
최우수 학생이었다. 그는 닥치는 대로 읽었고, 읽을거
리가 없으면 권태를 못 견뎌 했다. 열다섯 살에 그는
말했다. "저는 일광욕, 끝없는 산책, 모험, 방랑 생활
을 소망합니다. 그리고 신문과 책을 읽고 싶지만……
아무것도 없습니다. 아무것도!"(수사학 교사 이장바르
선생에게 보낸 편지. 클로드 장콜라, 『랭보—바람구두를
신은 천재시인』, 책세상, 2007년, 232쪽.)

1870년 8월 29일, 랭보는 상으로 받은 책 몇 권을 팔아 무작정 파리로 떠났다. 첫 가출이었다. 여비가 충분치 않아 그는 파리에 도착하자마자 검표원에 걸려 유치장에 갇혔다. 그 후로도 그는 두 번 더 "구멍 난 호주머니에 두 주먹 찔러 넣고 (…) 터진 구두끈을 당겨 묶고"(1870년 10월에 쓴 시 「나의 방랑」의 구절) 떠났다가 걸어서 돌아왔다. 이 시절 그의 발길은 오직 시인들의 도시 파리를 향했다. 1871년 8월, 랭보는 시인 폴 베를렌에게 편지를 쓰고 시 몇 편을 동봉했다. "저는 위대한 시를 쓸 계획입니다만 샤를빌에서는 작업을 할 수가 없습니다. 여비가 없어서 파리로 가지 못하고 있습니다." 얼마 후 베를렌의 답장이 도착했다. "지금까지 이렇게 독창적인 시를 본 적이 없다……. 위대한 영혼이여, 어서 오라. 우리는 당신을 원하고, 당신을 기다린다!" 랭보는 베를렌이 보내온 여비를 들고 떠났다. 짐도 가방도 없이, 갈아입을 옷 한 벌 없이, 시 「취한 배Le bateau ivre」 한 편 달랑 들고.

그해 9월 30일, 서른여 명의 시인들 앞에서 베를렌이 천재라고 소개한 소년이 시를 낭송했다. 열광적인 박수갈채가 터져 나왔다. 100행의 긴 운문, 파도에 휩쓸리는 배의 움직임에 따라 춤추는 파격적인 운율, 기이한 조어와 낯선 시어, 도발적인 시각. 닻줄 풀린 채 사공 없이 격랑에 휩쓸리는 배는 모든 속박을 벗고 자유로이 모험하는 시인의 은유로 읽혔다. 이 「취한 배」를 베를렌은 랭보의 가장 탁월한 작품으로 꼽았고, 말라르메는 거기서 랭보의 천재성을 알아보았다. 프랑스 시 역사에 한 획을 긋는 시였다. 이후로 지금까지 이 시를 분석하고 해설하는 글과 논문이 이어지고 있고, 랭보가 이 시를 읊은 레스토랑이 자리했던 페루Férou 거리의 담벼락에는 이 시 전문이 새겨져 있다.

베를렌과 랭보는 프랑스 문학의 신화적인 단짝이 되었다. 시를 향한 두 사람의 열정은 이내 서로에 대한 사랑의 감정으로 변해 당시 사회에 파문을 일으켰다. 3년 가까이 두 사람은 가족을 멀리하고 영국과 벨기에를 함께 여행하며 영향을 주고받았고, 저주받은 연인으로 떠들썩하고 혼란스러운 시간을 살며 더없이 아름다운 시를 남겼다. 두 시인은 결코 헤어질 수 없다고 생각하면서도 종종 서로 비난하며 상처를 입혔다. 랭보는 베를렌의 소심함과 유약함을 비웃었고, 베를렌은 술을 마시면 난폭해졌다. 1873년 7월 10일, 아내로부터 이혼 요구를 받고 술에 취한 베를렌은 랭보가 떠나겠다고 하자 그를 향해 총을 두 발 쏘았다. 한 발이 랭보의 왼손에 맞았다. 이 사건으로 베를렌은 체포되어 2년 징역과 200프랑 벌금형을 선고받고 투옥되었다. 고향으로 돌아간 랭보는 광기에 사로잡힌 듯 쉬지 않고 글을 썼다. 『지옥에서 보낸 한 철Une saison en enfer』은 그렇게 탄생했다. 저자가 출간을 지켜본 유일한 작품이었다. 그런데 베를렌을 망가뜨린 나쁜 인간으로 낙인찍힌 랭보에게 이젠 아무도 관심을 보이지 않았다. 그의 시집은 출간되자마자 외면당했다. 배포조차 되지 않았다. 동생 이자벨 랭보의 증언에 따르면, 파리에서 집으로 돌아온 랭보는 집에 남아 있던 시집을 불태웠다고 한다.

1875년 1월 베를렌이 출감했다. 랭보는 슈투트가르트로 떠났다. 슈투트가르트로 찾아온 베를렌에게 랭보는 『일뤼미나시옹Illuminations』 원고를 필사본도 없이 맡겼다. 그것이 그가 남긴 마지막 작품이었다. 그리고 방랑을 시작했다. 어디에 있어도 편치 않은 그는 줄곧 떠나기만 했다. 이탈리아, 바이에른, 오스트리아. 길에서 곯아떨어졌다가 홀랑 털려 빈털터리로 걸어서 집으로 돌아오기도 했다. 네덜란드 용병에 지원해 오랜 항해 끝에 인도네시아 바타비아까지 갔다가 얼마 후 탈영했고, 스코틀랜드 배에 올라 아일랜드를 거쳐 다시 샤를빌로 돌아왔다. 여기저기서 그를 보았다는 소문이 돌았다. 마치 랭보는 "육체와 정신이 완전히 탈진할 때까지 방랑의 삶을 살도록 선고받은"(『랭보—바람구두를 신은 천재시인』, 713쪽) 것 같았다. 오직 탈출하고 싶은 욕망밖에 없는 듯했다.

문학을 등진 그의 발길은 아라비아로, 아프리카로 향했다. 알렉산드리아, 키프로스, 아덴, 에티오피아의 하라르, 쇼아 왕국. 그는 상인으로, 탐험가로, 무기 밀매상으로 살았다. 혹독한 기후를 견디며 전쟁과 약탈이 횡행하는 어처구니없는 상황 속에서 낙타 대상을 이끌고 사막을 횡단했고 자주 열병을 앓았다. 그러는 동안 파리에서는 그의 신화가 생겨나고 있었다. 1885년 3월, 한 중학교 친구가 랭보에게 편지로 알려왔다. 파리의 작은 동인 그룹에서 랭보가 전설적인 인물이 되었고 죽은 것으로 알려졌는데 그래도 일부 추종자들은 그가 살아 있다고 믿고 돌아오기를 기다리고 있으며, 그의 산문과 운문을 잡지에 발표하고 몇 권의 책으로 엮기도 했다는 것이다. 랭보는 대답하지 않았다. 1886년, 그는 무기 매매에 발을 들였다가 물품도 빼앗기고 대금도 받지 못해 파산 지경에 내몰렸다. 그러던 어느 날 그에게 원고를 청탁하는 편지가 한 통 날아들었다. "당신의 멋진 시를 읽었습니다……. 제가 편집장으로 있는 〈프랑스모데른〉에 기고를 해주신다면 저희에겐 무한히 기쁘고 영광스러운 일일 것입니다. 꼭 우리와 함께해주시길 바라며 미리 감사와 경의의 인사를 전합니다." 랭보는 역시 대답하지 않았다.

1890년 11월에 어머니에게 보낸 편지를 보면 그는 결혼을 꿈꿨고 계속 아프리카에 머물고 싶어 했다. "설령 결혼을 하더라도 계속 자유롭게 여행을 하고 싶고 외국에서 살고 싶고 아프리카에서 계속 살고 싶습니다. 제가 도저히 참을 수 없는 것은 한 군데 눌러 앉아 사는 것입니다. 저의 방랑 생활을 같이할 사람이 필요합니다."(1890년 11월 10일 자 편지.) 그런데 1891년 2월, 그는 오른쪽 다리에서 극심한 통증을 느꼈다. 무릎 주위가 공처럼 부어오르고 통증이 점점 심해져 절뚝이며 걸어야 했다. 7월, 모든 걸 버리고 의사를 보기로 결심한 그는 그림을 그려 들것을 만들게 했고, 운반자 열여섯 명을 고용해 300킬로미터의 힘든 이동을 강행했다. 환부를 본 의사는 바로 유럽으로 가라고 권고했다. 그는 배에 올랐고, 13일의 긴 항해 끝에 1891년 5월 20일 해골 같은 몰골로 마르세유에 내렸다. 그리고 곧장 병원에 입원했다. 의사는 당장 다리를 절단해야 한다고 말했다. 그는 가족에게 전보를 보냈다. "오늘 급행으로 이자벨이나 어머니가 마르세유로 와주세요. 월요일 아침 다리 절단 예정, 사망 위험 있음. 아르튀르, 콩셉시옹Conception 병원, 회답 요망, 랭보."

이렇게 랭보는 「취한 배」에서 노래한 방랑의 삶 속

16

으로 걸어 들어간 지 11년 만에 유럽 땅으로 돌아왔다. 그는 어머니에게 보낸 편지에서 이렇게 말한 적이 있다. "저는 행복해지기 위해 이 땅에 온 것이 아닌가 봅니다." 돌아온 그를 기다리는 건 죽음뿐이었다.

이제, 그의 죽음을 지켜본 동생 이자벨이 그의 마지막 시간을 이야기한다.

차 례

이자벨 랭보

그는 자신이 떠나온 나라에 대해 말했다.
잃어버린 행복에 대한
수천 가지 기억을 떠올렸다.

넌 태양 속을 걷겠지

이 편지는 이자벨이 콩셉시옹 병원에 두 번째 입원하는 아르튀르 랭보를 따라와 마르세유에서 쓴 것으로, 아르튀르가 이해 11월 10일에 죽고 난 뒤 1921년 메르퀴르드프랑스에서 『유물Reliques』이라는 제목으로 처음 출간되었다.

사랑하는 엄마,

조금 전에 엄마 편지를 받았어요. 정말 짧게 쓰셨네요. (우리에게 편지도 쓰고 싶지 않고 제 질문에 대답도 하고 싶지 않을 정도로 기분이 상하셨어요? 아니면) 어디가 편찮으신가요? 제가 가장 걱정하는 게 바로 엄마의 건강입니다. 멀리 떨어진 곳에 위독한 환자와 아픈 사람이 둘이나 있으면, 세상에나! 제가 어떻게 해야 할까요! 제 몸의 반은 여기 두고 반은 로슈Roche. 어머니 비탈리 랭보Vitalie Rimbaud의 고향에 두고 싶어요!

아르튀르의 상태가 많이 안 좋다는 걸 알려드려야겠어요. 지난번 편지에서 담당 의사들을 따로 만나 물어보겠다고 말씀드렸지요. 의사들과 얘기해보았

25

아르튀르 랭보의 어머니 비탈리 랭보.
1890년 로슈 농가에서.

는데 이렇게들 대답해요. "그 가련한 청년(아르튀르)은 죽어가고 있습니다. 며칠이 될지 몇 달이 될지 모르겠군요. 어떤 치명적인 합병증이 발생하지 않는다면 말입니다. 회복되리라는 희망은 품지 않는 게 좋습니다. 회복되지 못할 겁니다. 다리를 절단하게 만든 뼈의 골수를 통해 암이 온몸에 번지고 있습니다." 의사 중 한 사람인 머리 희끗하고 나이 많은 T 박사는 이렇게 덧붙여 말했어요. "이곳에 벌써 한 달이나 계셨지요. 환자가 당신과 함께 있길 원하니 절대로 그의 곁을 떠나지 마세요. 저런 상태의 환자 곁을 떠나는 건 잔인한 일입니다……." 사랑하는 엄마, 물론 이건 의사들이 나한테만 한 말이에요. 오빠에게는 완전히 다른 말을 해요. 점점 나아지고 있다고 믿게 하려고 애쓰면서 완치될 거라고 약속합니다. 그래서 의사들의 말을 듣고 있으면 그들이 누구한테 거짓말을 하고 있는지 헷갈려요. 오빠를 속이는 건지 나를 속이는 건지. 죽음에 대비하라고 할 때나 오빠에게 완치를 얘기할 때나 똑같이 진지해 보여요. 그렇지만 의사들이 나한테 따로 얘기하는 것만큼 심각한 상태는 아닌 것 같아요. 나흘 전부터는 거의 평온을 찾았어요. 조금 더 먹기도 하고요. 억지로 먹으려고 애쓰는 것 같긴 한데 어쨌든 먹고 있고, 먹는 게 효과를 내는지 전보다 얼굴빛도 덜 붉어요.

이렇게 조금 나아진 것 같기도 하지만 새로운 통증도 보여요. 아마 몸이 쇠약해져서 그런 것 같아요. 통증도, 팔의 마비도 잦아들지 않아요. 오빠는 무척 말랐어요. 눈도 퀭해졌고 눈 그늘도 심해요. 자주 머리가 아프대요. 낮에 자다가 소스라치며 깨곤 하는데, 심장을 한 대 얻어맞는 듯한 통증과 두통이 동시에 잠을 깨운다고 말해요. 밤에 잘 때는 끔찍한 꿈을 꾸나 봐요. 깰 때는 옴짝달싹할 수 없을 정도로 뻣뻣이 굳어 있어요.(야간 간호사도 오빠가 그런 상태인 걸 본 적이 있대요.) 그리고 몹시 땀을 흘려요. 밤이고 낮이고, 더워서 흘리고 식은땀도 흘려요.

다시 안정을 찾은 뒤로 오빠는 늘 울어요. 혹시 살아남게 되더라도 마비된 상태로 살게 되리라고는 아직 생각하지 않아요. 의사들의 말에 속아서 삶에, 완쾌 희망에 매달리고 있어요. 그러나 매일 극심한 통

이자벨 랭보가 그린 아르튀르 랭보.

증을 느끼다 보니 이제는 거의 자기 상태를 아는 것 같아요. 의사들이 한 말을 종종 의심해요. 의사들이 자기를 우롱한다거나 무지하다고 비난해요. 오빠는 정말 살고 싶고 완치되고 싶어서 팔만 쓸 수 있게 된다면 아무리 힘든 치료라도 받겠다고 해요. 일어나서 걷기 위해 의족을 꼭 갖고 싶어 해요. 벌써 한 달째 침대 정리할 때만 발가벗긴 채 일으켜져 소파에 옮겨지는 신세인데 말이에요! 오빠는 오른팔이 온전해지지 않는다면 어떻게 생계를 꾸릴까를 가장 걱정하고 불안해해요. 그리고 1년 전의 자기 모습과 지금 모습을 비교하며 울어요. 더는 일하지 못할 미래를 생각하며 울고, 지독히 고통스러운 현재 때문에 울어요. 나를 끌어안으며 자기를 버리지 말아달라고 애원하며 흐느끼고 울부짖어요. 얼마나 가련한지 말로 다 할 수가 없어요. 이곳 사람 모두가 마음 아파해요. 여기 사람들은 참으로 좋은 분들이어서 말하기도 전에 우리가 뭘 원하는지 알아요. 모두가 오빠를 사형수처럼 대하며 아무것도 거절하지 않아요. 하지만 그 모든 호의며 배려도 다 헛된 것이지요. 오빠가 절대 받

아들이지 않으니까요. 그가 바라는 건 (…) 편지 나머지는
찢겼다.

1891년 10월 3일, 마르세유

사랑하는 엄마,

제발 무릎 꿇고 애원하니 편지 좀 써주세요. 아니
면 누구한테 부탁해서 한마디라도 써주세요. 걱정이
되어 살 수가 없어요. 걱정 때문에 열까지 나서 저도
많이 아파요. 제가 뭘 잘못했기에 제게 이런 불행을
안기시는 겁니까? 혹시 편찮으셔서 편지를 못 쓰시는
거라면 기별만이라도 해주세요. 제가 돌아갈게요. 아
르튀르는 자기가 죽기 전까지는 돌아가지 말아달라
고 애원하지만 돌아갈게요. 대체 무슨 일이 있으신
거예요? 아! 당장 엄마 곁에 갈 수만 있다면 얼마나
좋을까요! 그렇지만 엄마가 편찮으신지 정확히 알지
도 못한 채 이 가련한 오빠 곁을 떠날 수가 없어요.

오빠는 아침부터 저녁까지 쉴 새 없이 신음하며 큰
소리로 죽음을 부르고, 내가 떠나면 어떡해서든 자기
목을 졸라 자살하겠다고 날 협박해요. 게다가 너무
고통스러워서 정말 그럴 것만 같아요. 오빠는 많이
쇠약해졌어요. 전기 충격을 곧 시도할 모양이에요. 이
게 마지막 남은 방책인가 봐요.

엄마의 소식을 열렬히 기다려요. 사랑하는 엄마,
뽀뽀를 전합니다.

이자벨

혹시 편지를 썼는데 저한테 도착하지 않은 거라면
콩셉시옹 병원 원장님 앞으로 봉투에 제 이름을 쓰
고 밀봉해서 보내세요.

"J'AI TENDU DES CORDES DE CLOCHER A CLOCHER.
DES GUIRLANDES DE FENÊTRE A FENÊTRE.
DES CHAÎNES D'OR D'ÉTOILE A ÉTOILE
ET JE DANSE."

(illuminations)

ICI
LE 10 NOVEMBRE 1891 REVENANT D'ADEN
LE POÈTE JEAN ARTHUR RIMBAUD
RENCONTRA LA FIN
DE SON AVENTURE TERRESTRE

콩셉시옹 병원 현판. 아덴에서 돌아온 랭보가
1891년 11월 10일 이곳에서 지상의 모험을 끝냈다고 말하고 있다.

종탑에서 종탑으로 밧줄을,
창에서 창으로 꽃 장식을,
별에서 별로 금줄을 잇고
나는 춤을 춘다

—『일뤼미나시옹』

사랑하는 엄마,

10월 2일 자 편지에 정말 감사드려요. 엄마 편지를 기다리면서 얼마나 힘들었는지 몰라요. 그런데 받고 보니 정말 기뻐요! 맞아요. 제가 굉장히 요구가 많지요. 용서해주세요. 다 애정 때문이에요.

엄마가 얼마나 바쁠지 이해해요. 인내심을 갖고 하인들을 담대하게 대하세요. 이럴 때 하인들마저 엄마 곁을 떠난다면 훨씬 더 곤란해지실 거예요. 수확하는 인부들이 떠났다니 이젠 조금 덜 힘드시겠군요. 그러나 수확 이후도 지내기 편치 않은 시간이지요. 탈곡은 지금 하지 않으셨으면 해요. 바랭 아저씨나 다른 분이 사료용으로 남아 있는 밀을 조금 탈곡할

수 있을 겁니다. 우유는 어떻게 하세요? 가장 큰 송아
지는 응고시킨 우유밖에 안 먹을 텐데요. 우유는 낙
농업자에게 팔 수 있을 거예요. 작은 암소는 젖을 끊
었겠지요. 11월 초면 새끼를 낳을 겁니다. 몸 상태가
괜찮으면 망설이지 말고 파세요. 돼지들은 꽤 살이
붙었을 테니 팔기 좋을 거예요. '백작부인'은 어때요?
다른 말들에게도 신경 써주세요. 특히 샤르망트는 아
주 불행해하고 있을 겁니다. 제가 따로 귀리를 종종
주곤 했거든요. 밀은 심기 전에 누가 불리죠? 제가 아
무것도 도울 수 없다고 생각하니 정말 괴로워요!

지금은 오빠 곁을 떠날 생각을 할 수가 없어요. 상
태가 아주 안 좋아요. 매일 더 쇠약해지고, 살지 못할
거라고 절망하고 있어서 저도 믿음을 잃고 있어요.
난 그저 오빠가 의연한 죽음을 맞이하기만 바랄 뿐이
에요.

어제 일요일에는 리에아비시니아 당국과 할 무기 거래에 관해
랭보와 얘기하고 싶어 한 상인를 보게 될 줄 알았는데 아무도
오지 않았어요. 요즘 아르튀르가 무슨 사업을 꾸미
는 것 같진 않아요. 너무 상태가 안 좋아요. 어쨌든

행여 뭘 꾸미더라도 제가 기를 써서 말릴 겁니다……. 그는 3만 프랑이 로슈에 있다고 생각해요. 엄마가 그걸 어딘가에 투자해놓았다고 말하면 될 것 같아요. 오빠가 그 돈을 꼭 원하더라도 한 달 정도는 시간이 걸릴 테니까요. 오히려 제가 걱정하는 건 이제 곧 겨울인데 오빠가 절대로 여기서 겨울을 보내고 싶어 하지 않을 거라는 겁니다. 오빠와 함께 알제나 니스 아니면 아덴이나 오보크로 가야 할까요? 그가 떠나고 싶어 해도 지금 상태로는 여행을 견디지 못할 거라고 생각해요. 그를 혼자 내버려두는 건 도움 없이 죽도록, 돈을 탕진하도록 내버려두는 셈이에요. 만약 오빠가 무조건 가겠다고 하면 제가 어떡해야 할까요?

어제 의족이 도착했어요. 운송비가 5,50프랑이었어요. 보디에 씨가 견적서도 같이 보냈는데, 아르튀르를 여러 차례 보러 온 값이 50프랑이에요. 이 사람은 대체 우리에게 뭘 요구하는 걸까요? 아르튀르에게는 차마 견적서를 보이지 못했어요. 지불하지 않겠다고 할까 봐 걱정이에요. 다리를 받은 의사에게 따져서 돈을 내라고 하고 싶어요. 이 모든 걸 아르튀르에게 말하지 않고 말이에요. 그러는 게 잘하는 걸까요? 말씀 좀 해주세요. 이 다리는 당장은 정말이지 쓸모없어요. 아르튀르는 착용해볼 수도 없는 상태예요. 벌써 일주일 넘게 침대 정리도 못했어요. 침대를 정리하는 동안에도 의자에 앉혀놓을 수가 없는 상태예요. 통통 부은 오른팔은 완전히 축 늘어졌고, 끔찍한 통증을 안기는 왼팔은 4분의 3이 마비된 상태인데 소름 끼칠 정도로 앙상해요. 몸 곳곳이 안 아픈 데가 없나 봐요. 서서히 심장까지 마비될 거라고 해요. 누구도 그런 말을 해주지 않는데 오빠는 눈치채고 쉴 새 없이 한탄하고 좌절해요. 가까이에서 그를 간호하고 만지는 건 나뿐이에요. 의사들도 환자를 내 손에 맡겨두고 있어요. 마사지, 도포, 마찰용 약은 뭐든지 약국에서 내 맘대로 가져다 쓸 수 있어요. 전기 충격기도 내게 맡겨서 내가 직접 해야 해요. 그런데 해봤자 소용도 없어요. 치료도 안 되고 통증도 가라앉히지 못해요. 전기 충격도 아무 도움이 되지 않아요. 다른 것과 마찬가지로 아무 효력이 없는 것 같아요.

사랑하는 엄마, 제 걱정은 마세요. 여기 와서 존중

받고 있고, 심지어 마땅히 받아야 할 존경까지 받는다고 느끼고 있어요. 이곳의 예의 바른 풍습이 로슈의 아름다운 청춘들의 거친 투박함과 얼마나 다른지 몰라요! 그곳 사람 가운데 이곳 주민들과 비교해서 나아 보일 사람은 내가 아는 한 단 한 사람도 없어요. 더구나 나는 노인들하고만 얘기를 나누니 누구도 트집 잡을 일이 없지요. 이곳은 날씨가 언제나 눈부시게 화창해요. 몇 시간이나 계속되는 폭우가 딱 세 번 내렸어요. 그렇지만 이내 해가 나더니 전보다 더 반짝였죠. 그런데 폭우가 내리고 나면 미스트랄이 하루 낮과 밤 동안 불어서 2, 3일 동안은 날이 선선해져요. 그래도 태양은 여전히 빛나고 하늘도 파래요.

이곳엔 온갖 종류의 과일이 풍성해요. 실컷 먹고 있어요. 이 모든 광채가 있어도 이곳과 동시에 엄마 곁에도 있고 싶어요!

사랑하는 엄마, 안녕히 계세요. 건강 조심하시고, 너무 오랫동안 소식 끊지 말고 이따금 편지 보내주세요.

이자벨

추신. 연필로 끄적인 낙서를 같이 보냅니다. 어제 일요일에 쓴 거예요. 이것이 제가 하루를 보내는 방법이에요. 알아보기 힘든 글씨를 애써 읽을 필요는 없어요. 그리 읽을 만한 게 못 되니까요.

1891년 10월 4일 일요일. 7시에 아르튀르의 방에 들어섰다. 그는 가쁜 숨을 몰아쉬며 눈을 뜬 채 자고 있었다. 푹 꺼진 눈에 시커멓게 눈 그늘이 졌고, 너무도 앙상하고 창백했다. 그는 바로 깨지 않았다. 나는 그가 자는 걸 바라보며 이런 상태로 오래 사는 건 불가능하다고 생각했다. 너무 깊이 병들어 보였다! 5분 후, 그가 깨어나면서 늘 그렇듯이 밤새 너무 아파서 잠을 못 잤다고 투덜거렸다. 그는 매일 아침 하듯이 내게 인사말을 건네며 몸은 어떤지, 잠은 잘 잤는지 물었다. 나는 아주 좋다고 대답했다. 열이 나고 기침이 나고 걱정하느라 쉬지 못했다고 말해서 뭣 하겠는가. 자기 불행만으로도 차고 넘치는 사람에게.

그러자 그는 믿기 힘든 말을 내게 늘어놓기 시작했다. 그가 밤새 병원에서 일어났다고 상상한 내용이었는데, 그에게 유일하게 남은 섬망성 기억이었다. 그런데 그 기억은 집요해서 그는 매일 아침 그리고 낮 동안에 여러 차례 똑같은 터무니없는 얘기를 들려주고, 내가 믿지 않으면 화를 낸다. 그래서 나는 그 말에 귀를 기울이고 그를 설득하려고 애쓴다. 그는 간호사들을 힐난하고, 있을 수 없는 고약한 일을 수녀들이 했다고 말한다. 나는 아마도 꿈을 꾼 모양이라고 말하지만 그는 의견을 굽히지 않고 날 바보나 멍청이로 취급한다.

침대 정리를 해보려고 시도한다. 그런데 벌써 일주일 넘게 그는 침대에서 내리는 걸 원치 않는다. 의자에 앉히기 위해 들거나 침대에 다시 올릴 때 너무 고통스럽다고 한다. 그를 위해 해줄 수 있는 건 그저 여기저기 움푹하게 꺼진 곳을 메우고, 불룩 튀어나온 곳은 평평하게 펴주고 긴 베개를 정리해주고, 이불을 (시트는 못하고) 갈아주는 것뿐이다. 물론 이 모든 걸 하는 동안 그는 온갖 병적인 강박 증세를 보인다. 그는 몸 아래 주름이 하나라도 있으면 견디지 못한다. 머리는 한 번도 편한 적이 없고, 잘린 다리는 너무 높거나

이자벨 랭보의 초상. 시인이자 화가인
남편 파테른 베리숑Paterne Berrichon의 그림.

너무 낮다. 완전히 축 늘어진 오른팔은 푹신한 판 위에 올려놓아야 하고, 점점 마비되어가는 왼팔은 플란넬 이중 소매로 감싸야 한다.

누가 문을 두드린다. 아르튀르의 커피를 가져오고 나를 미사에 데려가려고 온 수녀님이다. 7시 반이다. 그러나 아직 완전히 간호가 끝나지 않은 환자 곁을 떠날 수는 없다. 9시 미사에나 참석해야겠다.

나는 그에게 커피를 마시게 해준다. 이제는 환자 몸을 마찰할 시간이다. 약국에서 외용약은 모두 내게 맡겼다. 오일, 알코올, 방향성 진통제, 도포제. 통증을 완화하는 데 쓰는 모든 것이 서랍장 위에 놓였다. 다른 환자를 간호하는 사람들이 나를 찾아와 필요한 약병을 잠깐만 달라 한다.

누가 우유 한 병을 가져왔다. 그는 변비와 요폐를 이겨보려고 바로 우유를 마신다. 내가 보기엔 그의 내부 기관들도 서서히 마비되고 있는 것 같다. 저렇게 조금씩 심장까지 마비될까 봐 겁난다. 나도 겁나고 그도 겁낸다. 그러면 죽게 될 것이다.

그의 왼쪽 다리는 여전히 차갑고 떨리고 있으며 통

증도 심하다. 왼쪽 눈은 반쯤 감겼다. 이따금 그는 심장이 펄떡거려 질식할 것 같은 모양이다. 잠에서 깰 때는 심장과 머리가 타는 것만 같고, 가슴과 등, 왼쪽 옆구리에서 통증 부위가 느껴진다고 말한다.

8시 15분이다. 외젠이 전기 충격기를 가져왔다. 첫 번째 시도다. 전기 기사는 기계를 설치하더니 15분 동안 오른팔에 여러 차례 충격을 준다. 기계를 조작하는 동안 아르튀르의 손은 몇 번 신경성 움직임을 보이며 손바닥이 재빨리 펴졌다가 오므라든다. 그러나 기계를 치우자마자 다시 꼼짝 않는다. 팔과 손에는 생생한 온기와 극심한 통증만 남는다. 그런데도 기사는 이 첫 시도가 만족스럽다고 말한다. 9시 15분 전, 드디어 우리 둘만 남았다. 나는 침대를 다시 정리하고, 그의 몸을 일으켜 베개에 기대게 해준다. 그러고 다시 소변과 대변을 보게 하려고 시도한다.

나는 모자를 쓰고 장갑을 낀다. 복도로 나가서 에스파냐 아주머니를 찾는다. 아주머니는 남편과 함께 웬 환자 옆에 있다. 두 사람의 숙부인 환자는 아르튀르가 다리를 절단할 때 묵었던 방에 같이 있었다. 연세가 일

흔둘인 그 노인 환자는 한 달 전에 길에서 협착성 탈장이 발병했는데 다행히 전문의가 집도하는 수술을 받았다. 그러나 고령 때문에 쇠약성 열이 잘 내려가지 않는다. 그는 마르세유에 조카와 조카며느리를 보러 들렀다가 입원하게 되었다. 아주 부유한 사람들 같았다. 조카는 레지옹도뇌르 훈장을 받은 장교다. 안타깝게도 그들은 프랑스어를 한마디도 하지 못한다.

　나는 혼자 미사에 갔는데, 에스파냐 아주머니는 아직 오지 않았다. 성모 축일이다. 로사리오의 성모 축일. 예배당이 환히 밝혀져 있다. 부속 사제 두 분이 자리하고 있다. 대미사는 천상의 파란색 아랫도리 법의 위에 레이스 달린 윗도리를 걸친 복사 여섯 명의 시중을 받아 완벽하게 치러졌다. 오르간 반주에 맞춰 노래하는 젊은 여자 성가대의 합창이 있었다. 남쪽 사람들 대부분이 그렇듯이 모두가 감탄스러울 만큼 노래를 잘한다. 수녀님들은 성직자석에 자리하고 있다. 예배당은 거의 찼다. 이렇게 아름답고 훌륭한 미사에 참석해본 지 정말 오랜만이다. 미사가 끝나자 떠나는 사람도 있고 남아서 묵주기도를 올리는 사람도 있다. 나는 서둘러 올라간다. 내가 곁에 없으면 아르튀르는 벌써 관 속에 들어간 기분이라고 말하기 때문이다…….

그는 초조하게 나를 기다리고 있었다. 조금 전에 그의 의족이 담긴 상자가 배달된 것이다. 배달 온 사람이 5.50프랑을 달라고 했는데 내가 돈주머니를 가지고 있어 줄 수가 없었단다. 서랍장 위에 따뜻한 우유 한 그릇이 놓여 있는 것도 보였다. 수녀님이 매일 그러듯이 "내 기침을 낫게 하려고" 가져다준 것이다. 재빨리 우유를 마시고 의족 배달 비용을 지불하러 사무실로 내려갔다. 한 남자에게 물었는데 그는 방금 가져온 상자 비용을 지불하겠다는 말을 듣고는 상자를 관으로 생각해서 애처로운 표정으로 수취인의 죽음에 대해 세세히 물었다. 착각한 거라고 일러주기가 힘들었다.

병실로 돌아왔더니 아르튀르가 눈물을 흘리고 있다. 그토록 바라고 애를 태우며 기다렸던 다리가 왔는데 자신이 그걸 착용해볼 만한 상태가 아니었기 때문이다. "절대 못 끼어볼 거야. 끝났어. 정말 끝이야. 난 곧 죽을 거야." 온 힘을 다해 그를 달래려고 했지만 나도 그처럼, 아니 그보다 더 그가 벗어나기 어려울 거라는 생각이 든다. 더구나 이곳 사람 모두가 그렇게 생각한다. 지금처럼 고통을 겪으며 사느니 차라리 죽는 편이 낫겠다고 말하는 사람도 있다.

11시다. 그에게 밥을 먹인다. 옥수수 포타주, 튀긴 감자, 콩팥, 오믈렛, 포도, 배, 케이크 한 조각. 이곳에선 언제나 그가 좋아하는 것을 주고, 최고로 좋은 것을 골라주며, 게다가 아주 맛있다. 그런데 그는 이 모든 걸 고약하다고 여기고 거의 손을 대지 않는다. 나는 끊임없이 그의 침대와 이불, 베개를 정리한다. 그래도 그는 한 번도 편한 법이 없다. 한결같은 투덜거림이 그의 입술에서 새어나온다. 낮에는 나 이외에 누구도 그를 건드리지도 간호하지도 않고, 침대 정리도 해주지 않는다. 그는 간호사들을 보거나 생각만 해도 괴로워한다. 그러다 보니 밤 동안엔 땀에 흠뻑 젖고, 야간 당직 간호사의 도움을 받느니 차라리 요변을 참는다. 어제는 나 말고는 누구도 다가오지 못하게 하려고 머리카락까지 빡빡 밀게 했다.

12시 반. 그토록 기다리며 불안한 마음으로 지켜보았는데 우체부가 내게 아무것도 주지 않고 가버렸다.

죽은 마음으로 점심 식사를 하러 갔다. 그런데 반 시간 뒤 병원에 돌아왔더니 수녀님이 내게 손짓을 한다. 달려갔더니 편지 두 통을 내게 건넨다. 한 통은 내게, 다른 한 통은 아르튀르에게 온 것이다. 방으로 들어가기 전에 나는 내 편지를 읽는다. 오빠가 나보다 먼저 읽기를 원치 않아서다. 보름째 로슈의 소식을 듣지 못했는데 드디어 마음 놓이는 편지가 왔다! 나는 편지에 입을 맞추며 눈물을 적신다. 이 가련한 환자와 함께 이렇게 집에서 멀리 떨어져 와 있으니! 소중한 편지를 읽으며 보낸 오늘 오후만큼 행복한 오후를 보낸 지가 정말 오랜만이다. 아르튀르에게 그의 편지를 건넸는데 읽기를 거부한다…….

매일같이 나는 그가 온갖 어리석은 행동을 하지 않도록 막느라 애먹는다. 다행히 오빠가 내 말은 듣는다. 요즘 들어 그가 줄곧 하는 생각은 마르세유를 떠나 더 따뜻한 곳으로, 알제나 아덴, 오보크로 가겠다는 것이다. 그를 이곳에 붙들어두는 건 내가 더 멀리까지 따라가지 않을까 하는 두려움뿐이다. 이제 그는 나 없이 지낼 수가 없기 때문이다.

이따금 오빠는 더없이 선량하고 다정한 얼굴로 나를 자신의 선량한 정령이요 유일하게 기댈 곳이라며 내가 쏟는 정성에 진심으로 고맙다고 말한다. 그리고 절대로 자신이 죽기 전에 곁을 떠나지 않겠다고, 자신의 마지막 바람을, 특히 그의 장례에 관한 바람을 반드시 지켜달라고 약속한다. 간호사들의 간호밖에 받지 못하는 이들은 얼마나 불행한 사람들인지 모른다. 우리 곁에는 세 명의 마비 환자가 있다. 아르튀르만큼이나 젊은 남자들이다. 그들 중 한 사람은 좀 나은 상태지만 완전히 바보여서 얘기를 나눌 수가 없다. 또 한 사람은 보름 전에 마다가스카르에서 왔다. 프랑스인 엔지니어인데, 온 날부터 내내 헛소리만 하고 있다. 간호사들은 이 두 가련한 사람을 함부로 다룬다. 그들의 비명과 신음 소리가 우리 귀에 들려온다. 내가 떠났다면 아르튀르도 똑같이 다뤄졌을 것이다. 그랬다면 그의 헛소리는 잦아들기는커녕 광기로 변했을 것이다.

나는 그가 잠든 게 아니라 차라리 실신에 가까운 일종의 혼수상태에 빠진 동안 이 모든 걸 쓰고 있다.

다시 깨어난 그는 창밖으로 한결같이 구름 없는 하늘에 뜬 빛나는 태양을 본다. 그리고 울음을 터뜨린다. 앞으로 다시는 바깥의 태양을 보지 못할 거라고 말하며, "난 땅속으로 갈 테고, 넌 태양 속을 걷겠지!" 끊임없는 한탄, 이름 없는 절망이 이렇게 온종일 이어진다.

4시 반. 저녁 식사가 나온다. 그는 먹는 둥 마는 둥한다. 나더러 후식을 먹으라고 고집을 부린다. 그가 화나는 걸 보지 않으려면 하라는 대로 해야 한다.

5시. 진료 시간이다. 안타깝게도 의사들이 그를 너무도 속여서 이제 그는 의사 말을 조금도 믿지 않는다. 그에게 가장 호감을 보이는 젊은 의사의 격려에는 살짝 희망을 품고 귀를 기울이는 듯하다. 의사들이 나는 속이지 않기에 그 온갖 듣기 좋은 말에서 나는 전기 충격 치료의 효과가 전혀 없다는 사실을 분명히 읽어낸다.

이제 촛불을 켜야 한다. 5시 반이면 방 안이 완전히 어두워지기 때문이다. 우리의 간호는 9시까지 이어진다. 몸을 문지르고, 옷을 갈아입히고, 침대를 정리한다. 그러고 나면 그는 일 분 일 분 내가 떠나갈 시간을 늦출 것이다. 그러다가 내게 작별 인사를 할 것이다. 다음 날 아침에 내가 더 이상 살아 있는 그를 보지 못할 것처럼. 매일 저녁이 이렇게 흘러간다.

1891년 10월 28일 수요일, 마르세유

사랑하는 엄마,

정말 축복받은 일이에요! 일요일에 이 세상에 와서 맛볼 수 있는 가장 큰 행복을 느꼈어요. 이제 내 곁에서 죽어갈 사람은 하느님에게 버림받은 불행하고 가련한 이가 아니에요. 의롭고 성스러운 순교자요 선민입니다!

지난주 동안 부속 사제들이 두 번 오빠를 보러 왔어요. 만나긴 했지만 오빠가 너무 무기력하고 좌절한 상태여서 신부님들은 그에게 차마 죽음에 대해 말하지 못했어요. 토요일 저녁, 수녀님들이 모두 모여 오빠가 올바른 죽음을 맞이하도록 기도를 했어요. 일요일 아침, 대미사를 마치고 왔더니 오빠는 평소보다 침착하고 의식이 또렷한 것 같았어요. 부속 사제 한 분이 오셔서 그에게 고해를 하라고 권했어요. 오빠가 그러겠다고 하더군요!

신부님이 방을 나가면서 묘하게 감동한 표정으로 나를 바라보며 말씀하셨어요. "당신의 오빠는 믿음을 가지고 있어요. 자매님이 우리에게 뭐라고 하셨지요? 오빠는 신앙이 있어요. 심지어 내가 한 번도 본 적 없는 그런 신앙입니다!" 나는 땅에 입 맞추고 울다가 웃다가 했지요. 오, 하느님! 비록 죽음을 앞두고 있지만, 심지어 죽음으로 인해 이 얼마나 기쁜 일인지요! 이제 내 영혼은 구원받았으니 죽음이, 삶이, 온 우주가, 세상의 모든 행복이 내게 무얼 할 수 있겠습니까! 주님, 그의 임종을 평온하게 해주소서. 그가 자신의 십자가를 지도록 도와주십시오. 그를 불쌍히 여기소서. 참으로 선량하신 주님이시여! 감사드립니다. 나의 하느님. 고맙습니다!

내가 아르튀르 곁에 돌아왔을 때 그는 아주 들떠 있었지만 울지는 않았어요. 그는 차분했고 슬픈 표정이었어요. 내가 한 번도 보지 못한 모습이었죠. 그는 한 번도 나를 본 적 없는 사람처럼 내 눈을 들여다보았어요. 그러고 내게 가까이 오라고 하더니 말하더군요. "넌 나와 같은 피를 나눴지. 넌 믿니? 믿어?" 나는 대답했어요. "믿어." "나보다 훨씬 박식한 사람들도 믿었고, 믿고 있어. 그리고 이제 난 확신해. 내겐 증거가 있어. 그래!" 사실이에요! 오늘 나는 그 증거를 보고 있어요. 그는 씁쓸한 표정으로 다시 내게 말했어요. "그래, 그들은 믿는다고 말하지. 개종한 척하지만 그저 자기들이 쓴 글을 읽게 하려는 공론일 뿐이야!" 나는 망설여졌지만 말했어요. "오! 아냐. 그 사람들은 신을 모독해야 돈을 더 벌게 될 거야!" 그는 눈을 하늘로 치켜뜨며 나를 바라보았어요. 나도 그랬지요. 그가 나를 끌어안더니 말했어요. "우리는 같은 피를 나눴으니 영혼도 같을 수가 있겠지. 그러니까 넌 믿는다 이거지?" 내가 거듭 말했어요. "맞아, 난 믿어. 믿어야 해." 그랬더니 그가 말했어요. "방에다 모든 걸 준비하고, 말끔히 정리해야 해. 그분이 성사 준비를 해서 돌아올 거야. 두고 봐. 촛대와 레이스를 갖고 올 거야. 사방을 흰 천으로 덮어야 해. 내가 심각하게 아픈 게 분명해! ……." 그는 불안해했지만 보통 때처럼 좌절하진 않았어요. 그가 성사를, 특히 영성체를 열렬히 바란다는 게 분명히 느껴졌어요.

그 후로 그는 절대 신성모독적인 말을 하지 않아요. 십자가에 못 박히신 그리스도를 부르고 기도를 해요. 네, 그가 기도를 한다고요!

그러나 부속 사제는 그에게 영성체를 해줄 수가 없었어요. 무엇보다 그를 너무 자극하게 될까 봐 겁냈던 겁니다. 그리고 아르튀르가 요즘 침을 자주 뱉고 입속에 무엇이고 넣는 걸 견디지 못해서 본의 아니게 모독 행위를 하게 될까 걱정했던 거지요. 오빠는 우리가 영성체를 잊었다고 생각하고는 슬픈 표정을 지었어요. 그렇지만 불평은 하지 않았지요.

죽음이 성큼성큼 다가오고 있어요. 사랑하는 엄마, 지난번 편지에서 말씀드렸듯이 절단 부위가 엄청나게 부었어요. 이제는 엉덩이와 배 사이, 뼈 바로 위에 어마어마하게 큰 암 덩이대퇴부 육종. 전이를 막기 위해 5월에 허벅지가 아니라 엉덩이 관절을 자른 것으로 보인다가 자리하고 있어요. 대단히 민감하고 고통스러웠던 절단 부위가 이제는 거의 아프지 않나 봐요. 아르튀르는 이 죽음의 종양을 아직 보지 못했어요. 그는 그 딱한 절단 부위를 모두가 와서 보는 걸 보며 놀라곤 해요. 자신은 거의 아무것도 느끼지 못하니까요. 의사들은 전부(내가 이 끔찍한 종양을 알린 뒤로 벌써 열 명이나 다녀갔어요) 이 기이한 암 덩이 앞에서 질겁해서 아무 말도 하지 못해요.

지금 가장 고통을 안기는 건 오빠의 가련한 머리와 왼팔이에요. 그런데 자주 혼수상태에 빠져요. 겉으로 보기엔 꼭 잠자는 것 같은데, 그런 상태에서 그는 모든 소리를 이상할 정도로 명료하게 들어요.

밤에는 모르핀 주사를 놓아줘요.

그는 깬 채 계속되는 꿈 속에서 자기 삶을 이어가요. 아주 부드럽게 이상한 얘기를 하지요. 그 목소리가 내 가슴을 후벼 파기도 하고 홀리기도 해요. 그가 하는 말은 꿈이에요. 그런데 열이 날 때는 전혀 얘기가 달라져요. 그래서 꼭 일부러 그러는 것 같지요.

그가 그런 꿈을 중얼거리면 수녀님이 낮은 소리로 제게 물어요. "의식을 잃은 건가요?" 그러면 그는 그

56

소리를 듣고 얼굴이 새빨개져서 아무 말도 하지 않아요. 수녀님이 가고 나면 그가 내게 말해요. "사람들은 나를 미쳤다고 생각해. 너도 그렇게 생각해?" 난 그렇게 생각하지 않아요. 오빠는 거의 비물질적인 존재예요. 자기의 생각이 저도 모르게 새어나오는 거죠. 이따금 그는 의사들에게 자신이 보는 기이한 것들을 그들도 보는지 묻고는 내가 옮길 수 없는 말로 자신의 느낌을 조용히 얘기하곤 해요. 의사들은 그의 눈을 들여다보죠. 그 어느 때보다 아름답고 총명한 눈을 말이에요. 그리고 의사들은 저들끼리 말해요. "기이해. 아르튀르의 경우엔 우리가 이해할 수 없는 무엇이 있어."

게다가 의사들은 이제 거의 찾아오지도 않아요. 오빠가 그들에게 말할 때 자주 울어서 의사들의 마음을 흔들어놓기 때문이에요.

그는 모두를 알아보아요. 가끔은 나를 자미아프리카에서 랭보를 위해 일한 어린 하인이자 랭보와 모든 걸 함께한 동반자였다. 들것에 실려 아덴까지 올 때도 동행한 그에게 랭보는 유산으로 750탈레르(3000프랑)를 남겼다라고 불러요. 그러고 싶은가 봐요. 그렇

아프리카를 여행하는 랭보. 친구였던 화가
에르네스트 장 들라예Ernest Jean Delahaye의 그림.

게 자신이 바라는 꿈속으로 들어가고 싶은가 봐요.
게다가 모든 걸 교묘하게 뒤섞어요. 우리는 하라르에
있고, 언제나 아덴을 향해 떠나지요. 낙타를 구해서
대상隊商을 꾸려야 하지요. 그는 의족을 끼고 아주 잘
걷고, 우리는 호화스럽게 장비를 갖춘 멋진 노새를 타
고 여기저기 산책을 하지요. 그리고 일을 하고, 글을
쓰고, 편지를 써야 하죠. 얼른, 빨리, 사람들이 기다
려. 가방을 닫고 떠나자. 왜 내가 자도록 내버려뒀어?
옷 입는 걸 왜 안 도와줘? 우리가 약속한 날 도착하
지 못하면 무슨 소리를 듣겠어? 앞으로 내 말을 믿지
않을 테고 난 신뢰를 잃게 될 거야! 그는 나의 서투름
과 태만을 아쉬워하며 울음을 터뜨리죠. 나는 항상
그와 함께 있고, 그 모든 준비는 나의 몫이니까요.

　이제 오빠는 거의 아무것도 먹지 않아요. 어쩌다
뭘 먹어도 끔찍이 싫어하면서 먹어요. 그러니 해골처
럼 말랐고, 얼굴빛도 시체 같아요. 절단되고 마비된
사지가 그의 주변에 죽은 듯이 늘어져 있어요! 오, 맙
소사, 얼마나 가련한지 몰라요!

　엄마의 편지와 아르튀르의 편지에 대해 말씀드리

자면, 오빠의 돈에 대해서는 전혀 기대하지 마세요. 그가 떠나고 나면 장례 비용에다 여행 비용에다…… 그가 가진 건 다른 사람들에게 돌아갈 거라고 생각해야 해요. 저는 그의 뜻대로 지켜주기로 단단히 마음먹었어요. 그걸 실행할 사람도 저밖에 없어요. 그의 돈과 물건은 그가 바라는 사람에게 갈 거예요. 제가 그를 위해 한 모든 것은 욕심 때문이 아니라 내 오빠이기 때문이에요. 온 우주가 그를 버렸지만 나는 그가 도움 없이 혼자서 죽어가도록 버려두고 싶지 않았어요. 그가 죽어도 나는 예전처럼 그에게 충직한 동생으로 남아서 그의 돈과 옷가지를 처리하라고 한 대로 할 테고, 설령 마음이 아프더라도 정확하게 이행할 거예요.

하느님이 저와 어머니를 보살펴주시길 바랄 뿐이에요. 우리에겐 하느님의 도움이 절실히 필요해요.

사랑하는 엄마, 안녕히 계세요. 온 마음으로 엄마를 안아봅니다.

이자벨

아르튀르 랭보가 1891년 11월 9일, 다시 말해 죽기
전날 동생에게 구술한 말.

  상속분 : 상아 하나.
  상속분 : 상아 둘.
  상속분 : 상아 셋.
  상속분 : 상아 넷.
  상속분 : 상아 둘.

  사장님,

  제가 사장님 계좌에 남겨둔 게 없는지 여쭤보려고
연락드립니다. 지금은 이름조차 기억나지 않는 그 배

편을 오늘 바꾸고 싶습니다. 어쨌든 아피나르에서 출발하는 배편입니다. 온갖 배편이 곳곳에 있는데 저는 불행히도 몸이 불구가 되어 아무것도 찾을 수가 없습니다. 길거리에서 만나는 첫 번째 개조차도 그렇게 말할 겁니다.

그러니 아피나르에서 수에즈까지의 뱃삯을 제게 보내주세요. 저는 몸이 완전히 마비되었어요. 그러니 좀 빨리 배에 타고 싶습니다. 몇 시에 배에 탈 수 있는지 말씀해주세요……

나의 오빠 아르튀르

이것은 이자벨 랭보가 1892년에 쓴 글로, 랭보가 죽고 나서 1919년 3월 16일에 〈메르퀴르드프랑스〉에 처음 실렸다.

1

나는 그가 마지막으로 이곳 우리 집에 왔을 때 보았다. 잊을 수 없는 날들이었고, 다시는 돌아오지 않을 밤들, 잠들지 못한 밤이었다. 결코 돌아오지 않을!

나는 비틀거리는 그를 부축했다. 고통스러워하는 그 쇠약한 몸을 내 품에 안았다. 그가 밖으로 나갈 때마다 안내했고, 그의 걸음을 하나하나 살폈다. 그가 가고 싶어 하는 곳마다 데려가고 따라갔다. 그가 돌아와서 오르고 내리는 것도 도왔다. 하나 남은 그의 발 앞의 함정과 장애물도 치웠다. 그가 앉을 자리를, 침대를, 식탁을 마련했다. 한 입 한 입 음식을 건넸다. 그가 갈증을 해소하도록 입에 마실 것도 떠 넣어주었다.

나는 시간의 흐름을 일 분 일 분 주의 깊게 좇았다. 처방된 물약을 정확한 시간에 그에게 가져다주었다. 하루에 몇 번씩이나! 그리고 온종일 그가 생각과 고통에서 잠시나마 벗어나게 하려고 애썼다. 밤은 그의 머리맡에서 보냈다. 음악을 들려주어 그를 잠들게 하고 싶었지만 음악은 언제나 울었다. 그는 내게 한밤중에 나가서 잠이 오는 양귀비를 꺾어 오라 했고 나는 꺾으러 갔다. 홀로 그의 곁을 떠나는 것이 겁났다. 나는 어둠 속에서 서둘러 진통제 효과를 내는 물약을 준비했고 그는 마셨다······. 그리고 밤샘은 다시 시작되어 아침까지 이어졌다. 그가 잠들어도 나는 조금 더 곁에 머물렀다. 그를 바라보며, 사랑하며, 기도하며, 울며. 새벽에 소리 없이 떠나려 하면 그가 금세 깨어났고, 그의 목소리가, 그의 사랑스러운 목소리가 나를 불렀다. 그러면 나는 더 그를 도울 수 있는 걸 기뻐하며 바로 그의 곁으로 달려왔다.

아침마다 그가 잠시 휴식을 음미할 때 얼마나 수도 없이 그의 문에 귀를 대고 그의 부름을, 그의 호흡을 살피며 몇 시간이고 남아 있었는지!

내 손이 아닌 그 어떤 손도 그를 간호하지 않았고, 만지지 못했고, 옷 입히지도, 고통을 견디도록 돕지도 못했다. 어떤 어머니도 병든 아이에 대해 이보다 더 열렬한 애정을 느끼지 못했을 것이다. 그는 자신이 떠나온 나라에 대해 말했다. 하던 일에 대해 얘기했다. 과거의 기억을, 잃어버린 행복에 대한 수천 가지 기억을 떠올렸다. 그러면 씁쓸한 눈물이 펑펑 쏟아졌다. 나는 그의 슬픔을 위로하려고 애썼지만 그러지 못했다. 다시는 삶이 그에게 미소 짓지 않으리라는 걸 잘 알았기에 위로하지 못했다. 그를 위로할 수 없어 속수무책으로 눈물이 흘러내리는 걸 묵묵히 바라보며 나는 나날이 그의 창백한 뺨이 움푹 패고 잘생긴 얼굴이 변해가는 걸 지켜보았다.

그는 내게 종종 물었다. 자기처럼 선량하고 인정 많고 올곧은 사람이 누구 대신 이렇게 끔찍한 불행을 견딜 수 있겠느냐고 물었다. 나는 뭐라 대답해야 할지 알지 못했다. 그때도 겁이 났고, 지금도 겁이 난다. 나 대신일까 봐. 슬픈 일이다!

나는 그가 죽는 걸 도왔고, 그는 떠나기 전에 내게 삶의 진짜 행복을 가르쳐주고 싶어 했다. 그는 죽으면서 내가 살도록 도왔다.

2

그는 저 멀리 바다 너머, 에티오피아 산속에서, 내리쬐는 태양 아래, 뼈를 말리고 골수를 갉아 없애는 뜨거운 바람을 맞으며 얼마나 피로를 견뎠을까! 어떤 유럽인도 그 이전에 그가 했던 일을 하려고 시도하지 않았다. 얼마나 쉼 없는 노력을 기울였을까! 얼마나 많이 걸었을까!

오! 타주라에서 쇼아로, 아비시니아로 향하는 그 죽음의 여행.쇼아 왕국의 메넬리크 왕에게 총과 탄약을 팔러 떠난 이 긴 원정은 랭보를 파산으로 내몰았다. 그 죽음의 지역에서 그는 어떤 나쁜 숨을 들이마셨을까? 어떤 교활한 천사가 그를 그곳으로 데려갔을까? 1년 넘게, 그렇다, 1년 넘게 그는 그곳에서 온갖 육체적·정신적 시련을, 있을 수 있는 모든 고초를 견뎠다. 그런데 어떤 보상이 돌아왔던가? 온통 환멸뿐이었다. 참담한 재앙뿐이었다.

질병은 그의 주위를 맴돌았다. 독을 품은 파충류처럼 그를 휘감고 감지하기 어려울 정도로 서서히, 그러나 확실하게, 그가 미처 알아차리지 못하는 사이 그를 마지막 파국으로 이끌었다.

—자, 용기를 내! 넌 왕 옆에서 행복하지 않았잖아.[랭보는 원정 시작 전에 사망한 동업자의 빚을 요구하는 채권자들과 메넬리크 왕의 횡포에 시달렸다.] 더 노력하고 능력을 길러. 통상적인 길에서 벗어나. 네겐 지성과 힘이 있잖아? 보통 사람들의 지성과 능력이 아니지. 오, 아니고말고. 네게는 비범한 천재성이 있어. 우리 각 사람에게 분배된 신의 불꽃이 네 영혼 속에서는 활활 타오르는 아궁이가, 어디든 스며드는 눈부신 빛이 되었어. 네가 네 근육과 생각이 늘어놓는 불평과 욕구에 귀 기울이지 않고 그것들을 너의 강력하고 대담한 의지에 굴복시키는 것이 네 힘이 되는 거야. 이미 많은 일을 해왔듯이 일해. 넌 살아 있는 백과사전 같지만 그래도 공부해! 넌 유럽의 온갖 언어를 유창하게 말하지만 피곤

1883년 하라르에서 아르튀르 랭보.

1883년 하라르에서.

한 하루를 보내고 나서 온갖 아프리카 방언들을 배우는 데 밤 시간의 일부를 보내. 마시고 먹는 일에서, 다른 백인들이 몰두하는 온갖 쾌락에서 즐거움을 찾지 마. 조심해. 금욕적인 삶을 영위해! ……밥을 먹는데는 몇 분이면 충분하고, 11년 동안 너는 물만으로 목을 축여왔어. 네가 친구들을 모으는 건 오직 그들과 함께 사업을 얘기하고, 모두가 관심을 갖는 소식을 전하기 위해서였어. 가끔은 약간의 음악과 빛이 번쩍일 때도 있지. 하지만 언제나 너는 모든 걸 제어하고 대화만으로도 네 집에 받아들인 사람들을 이해시키고 즐겁게 해주고 홀릴 줄 알았지.

네 품행의 순수성은 가히 전설이 되었지. 어떤 호색한도 네 문턱을 넘어서지 못했고, 네 발은 쾌락의 장소에 들어선 적이 없었으니까……. 선량하고 관대하라! ……너의 선행은 멀리까지 알려졌어. 수많은 눈이 네 일상적인 외출을 지켜보고 있어. 너는 길모퉁이를 돌아설 때마다 언덕 비탈에 자리한 수풀 너머에서 가난한 이들을 만나지. 하느님, 불행한 이들이 왜 이리도 많을까요! 이 사람에게는 네 웃옷을 내주고, 저 사람에게는 장갑을 내줘. 네 양말과 구두는 피 묻은 발로 다리를 저는 저 사람에게 내주고. 여기 다른 사람들도 있어! 그들에게는 네가 가진 돈을 몽땅 나눠줘. 탈레르, 피아스터, 루피. 저기 떨고 있는 노인을 위해서는 아무것도 없을까? 있지. 너의 깨끗한 셔츠를 내줘. 발가벗고 있을 때 또 가난한 이들을 만나면 집으로 데려가서 네 음식을 나눠줘. 요컨대 너는 지나는 길에 만나는 굶주리거나 추위에 떠는 사람 모두를 돕기 위해 가진 걸 몽땅 털어내고 심지어 행복마저 떨궈내는 거야……. 너를 위해서는 엄격하게 검소해! 무용한 지출은 결코 하지 말고, 무엇보다 사치하지 마. 네 집의 가구들은 누가 만들었지? 너야. 그러니까 너는 장인들의 비밀도 알고 있어. 마찬가지로 경작자의 기술도 알고 있지. 너는 땅에 유럽의 온갖 종자를 심었고, 네 커피나무 정원의 바나나나무들 틈새로 서양의 텃밭에서 가장 진귀한 채소들이 싱싱하게 섞여 멋들어지게 자라고 있지. 이게 다 네 생업이, 네 일이 사방으로 뻗어나가기 때문이야⋯⋯. 집안과 정원과 가게의 온갖 일에 열심인 저 검은 원주민은 누구지? 8년째 네게 복종하며 너를 섬기고 소중히 여기는 너의 충직한 하인 자미.

오, 내가 사랑하는 이여, 누가 너를 미워할 수 있을까? 넌 선의요 자비 그 자체이며 성실과 정의가 너의 본질이지. 그리고 네 안에는 뭐라 형용할 수 없는 매력이 있어. 너는 네 주위로 행복의 기운을 퍼뜨리지. 네가 가는 곳마다 달콤하고 섬세하게 스며드는 향기를 맡을 수 있어. 너는 무슨 부적을 달고 다니지? 너는 마법사인가? 어떤 비밀스러운 수단을 쓰기에 그렇게 사람들의 마음과 의지를 사로잡을까? 어떤 강력한 날개를 만들었기에 우리 모두의 머리 위로 그렇게 나는 거지? ⋯⋯그런데 나는 여기서 무슨 소리를 하고 있지? 숙명을 갖고 태어난 소중한 너, 너는 좋은 사람이야. 바로 그것이 너의 마법이지. 적어도 행복한 거지? 아니. 네가 꿈꾸는 나라는 이 땅에 없어. 너는 세상을 편력했지만 네 이상에 부합하는 체류지를 찾지 못했지. 네 영혼과 네 머릿속에는 이 땅에서 가장 매혹적인 지역이 제공하는 것보다 훨씬 경이로운 전망과 열망이 있으니까.

그러나 사람들은 자신도 모르게 가장 힘들게 고생했던 나라들을 미화하며 거기에 집착하는 법이지. 그래서 그 후 아덴과 하라르는 네 마음속에 각인된 이름이 되었지. 그 두 곳이 네 몸을 죽였던 거고. 아무러면 어때? 네 기억은 죽어서도 그곳에 남길 바랄 텐데.

영원한 태양에 새카맣게 타버린 바위 도시 아덴. 하늘에서 이슬이 고작 4년에 한 번 내리는 아덴! 풀한 포기 자라지 않고 그림자 하나 만날 수 없는 아덴! 터질 듯한 두개골 속에서 뇌가 부글부글 끓고 몸이 바싹 타들어가는 열 건조실 같은 아덴! ……오! 왜 너는 이런 아덴을 사랑했을까? 그곳에 무덤을 갖고 싶어 할 정도로 사랑한 거니?

아비시니아 산맥이 길게 이어지는 하라르. 신선한 언덕, 비옥한 골짜기. 온화한 기후, 영원한 봄. 그러나 뼛속까지 파고드는 음험하고 메마른 바람도 있지. 네하라르를 충분히 탐험했니? 낯선 구석이 한 곳이라도 남았니? 걸어서, 말을 타고, 노새를 타고 너는 곳곳을 누비고 다녔지. ……오! 산과 들판을 가로지르는 요란한 기마행렬! 초목이나 바위 사막 사이로 바람처럼 빨리 실려 가는 느낌이 든다면 얼마나 축제 같을까? 숲속 오솔길로 맹수처럼 잽싸게 달려가는 느낌이 든다면! 공기의 요정처럼 늪지대의 푹푹 꺼지는 땅을 가볍게 스치는 느낌이 든다면! ……그러고 너는 대담한 걸음으로 용감하고 유연하고 재빠른 원주민들과 대면하지. ……옷을 걸친 듯 만 듯 이마를 드러내고 초목 무성한 골짜기를 향해 달려 나아가는 건 얼마나 즐거운 일일까! 다가갈 수 없는 산을 오르는 건 또 얼마나 즐거울까! "나만이 여기까지 오를 수 있었어. 나처럼 지금까지 탐험된 적 없는 이 땅을 맨발로 밟은 사람은 없었어!" 이런 말을 할 수 있다면 얼마나 뿌듯한 일일까. 태양이 쨍쨍하고 바람이 불고 비가 내려도 구속 없이 자유로이 산과 계곡, 숲과 강, 사막과 바다를 떠도는 건 얼마나 행복하고 달콤한 일일까! ……

오, 여행자의 발이여, 모래밭이나 돌 위에서 너희의 흔적을 찾을 수 있을까? ……

아르튀르 랭보가 살았던 하라르의 집.

놀라운 용기로 이뤄낸 그 많은 작업의 흔적을 내가 되찾을 수 있을까? 엄청나게 적재된 커피, 귀한 상아 더미들, 폐부를 파고드는 향과 사향 향내, 고무와 금……. 지치도록 뛰어다니거나 기진맥진하도록 말을 달려 방대한 산지에서 사들인 이 모든 것. 게다가 구매로 끝나는 것이 아니다. 원주민들이 상품을 가져오면 무게를 달고 온갖 준비 과정을 거치고 정성껏 포장해서 대상을 통해 해안 지역으로 발송해야 한다. 이 물건들은 숱한 정성과 걱정과 죽음의 불안을 대가로 지불하고서야 온전한 상태로 도달하지 않던가? 다른 어떤 팔들보다 강인한 너의 두 팔은 11년 동안 좌절하지도 쉬지도 않고 엄청난 일을 해냈다. 그걸 어찌 일일이 나열할 수 있을까? 다른 어떤 뇌보다 복잡한 네 뇌의 기발한 조합을 누가 설명할 수 있을까? 게다가 게으르고 둔한 흑인들의 사회에서는 걱정과 번민거리가 끊이질 않았다! 대상隊商이 사막을 건너는 긴 나날 동안엔 또 얼마나 노심초사할까! 재산을 지고 가는 낙타와 노새들은 아랍인 운송업자의 보호와 지휘 아래 맡겨진다. 고독한 길에는 온갖 위험이 도사리고 있다. 비와 바람 말고도 사자나 표범 같은 맹수들도 있다. 그리고 무엇보다 유랑하며 나쁜 짓을 일삼는 베두인족, 다나킬족, 소말리아인들이 있다……. 대상이 바다를 향해 천천히 나아가는 동안 물건의 주인인 무역업자는 새로운 거래를 위해 새롭게 수송할 물품들을 모으려고 회사에 남아 공포에 질린 채 자신이 한 막대한 노동의 결실을 끊임없이 생각한다. 낮이건 밤이건 매 순간 속수무책으로 파산할 위험에 노출된 채. 그는 불안감에 뇌가 졸아들고 온몸에 열이 나는 걸 느낀다. 밤을 지새울 때마다 머리카락이 하얗게 센다. 이미 지나온 길과 남은 길을 헤아려보며 불안에 사로잡힌다. 이 형벌은 긴 한 달 동안 이어질 것이다. 화물이 오가는 데 최소한으로 필요한 시간이다.

이 위태로운 운송 동안 무역업자 대부분이 손실을 경험하는데 그 규모가 막대할 때도 많다. 돈과 상품, 때로는 일꾼과 운송 수단인 가축까지도 사막의 도적들이 노리는 노획물이 되었다. 사랑하는 나의 오빠는 한 번도 무얼 잃은 적이 없었다. 그는 모든 어려움을

헤치고 의기양양 빠져나왔다. 그의 시도들을 이끈 것
이 더없이 행복한 용기였기 때문이다. 그 시도들은 모
두 그가 희망한 것 이상으로 성공을 거두었다. 그의
선행에 대한 명성이 이 산 저 산 너머로 널리 퍼져 유
랑족 베두인 사람들이 그를 "정의로운 이" "성자"라고
부르며 그의 재산을 탈취하기는커녕 힘을 합쳐 그의
대상 행렬을 보호해주었기 때문이다. 오보크의 옛 총독 레
옹스 라가르드가 폴 클로델에게 보낸 편지 내용과 비교해보는 것이 좋겠다.
"내가 홍해 해안에 도착했을 때 랭보는 하라르에 있었던 모양입니다. 그는
그곳에서 한편으로는 살기 위해(얼마나 혹독한 삶인지!) 싸우고, 원주민들
과 에미르 주변 무슬림 추장들이 전혀 이해하지 못하는 무언가를 꿈꾸었
죠……. 그런데 원주민들은 그를 하늘에서 영감을 받은 사람처럼 간주했
고, 그래서 '충복들'이 그의 주위에 몰려들었지요. 회교도 재판관들과 교전
이론가들은 이 새 예언자 때문에 자신들의 일이 위협받는다고 느끼고 질
투하고 미워해서 그를 현지에서 죽이려고 시도했어요."

3

석조 복도와 무성한 플라타너스로 음침한 병원의 작은 병실 침대에 내내 누워 순교자처럼 더없이 끔찍한 고통에 끊임없이 시달리는 그가 내게 얼마나 많은 가르침을 주었던가! 나는 넉 달 동안에 30년 동안 배운 것 이상을 배웠다. 오늘날 세상과 삶이 어떠하며, 행복과 불행이 무엇인지 알게 되었다. 삶이 무엇이고 고통이 무엇이며 죽음이 무엇인지 알게 되었다. 사람들이 헌신이라고 부르는 감미로운 즐거움도 알게 되었다. 그리고 무엇보다 피를 나눈 존재를 절대적으로 사랑하면서 말로 다할 수 없는 희열을 느꼈다. —오, 순수하고 숭고한 형제애. 몸과 마음을 다해 그를 향해 나를 던져 기쁠 때나 시련에 처해서나 불행할 때나 그를 사랑하는 기쁨. 고통과 질병 속에서도 그를 떠나지 않고 사랑하는 기쁨. 죽어가는 순간에도 그리고 죽음 가운데서도 마음 약해지지 않고 그를 보살피며 사랑하는 기쁨. 죽음 후에도 그의 뜻을, 그의 소박한 부탁을 실행하는 기쁨. 만약 하느님의 뜻이라면 그가 죽고 난 후 나도 똑같은 죽음을 맞이할 텐데. 이 땅에서 내가 잊을까 봐 겁내던 그의 불안한 영혼을 안심시킬 수만 있다면 그의 곁에 기꺼이 잠들 텐데.

내가 그를 어찌 잊을까! 내가 나의 행복을 어찌 잊을까? 내 영혼을 숭고한 삶으로 태어나게 한 행복을! 그 행복은 나의 천사, 나의 성자, 나의 선인, 나의 사랑, 나의 영혼이 내게 발견하게 해준 경이로운 지평선 속 곳곳에 있다! ……그렇다. 생각하면 할수록 우리 둘은 같은 영혼을 가진 것 같다. 그가 죽고 난 후에도 내가 살 수 있으리라는 자신이 없다.

내가 아주 어렸던 1870년 9월, 오빠가 처음 떠나던 시절이 떠오른다. 늦은 저녁이었다. 샤를빌의 마로니에 가로수 길 아래에 전쟁 소식을 들으려는 사람들이 웅성웅성 모여 있었다. 그런데 들려오는 건 패배 소식

뿐이었다. 별안간 모든 웅성거림을 뚫고 웬 비장한 남자의 노랫소리가 들려왔다. 떨리는 목소리로 조국을 위해 무기를 들자고 호소하는 소리였다. 그날 밤 어떤 예술가들이 그 숭고한 노래를 흥얼거렸는지는 결코 알아내지 못했다. 나는 그날 이후 그보다 아름답고 감동적인 소리를 들어보지 못했다. 그러나 군중의 틈바구니에서 한 점 티끌 같았던 어린 나는 그 노래를 위험에 처한 프랑스와 연결 짓지 못했다. 내 영혼의 절반은 매료되었고, 그와 함께 가정과 안전을 등지고 멀리 떠났다. 내 가슴에서 새어나온 절망의 흐느낌은 나 자신의 대부분이 달아난 걸 확인해주었다.

그때부터 나는 그가 세상을 떠돌며 가는 곳마다 따라다녔다. 생각으로, 고통으로, 기쁨으로 함께했다. 내 의지를 억지로 거스른 게 아니라 거의 의식하지 못한 채. 악천후에 그가 추위와 허기를 견딜 때 나도 함께 고통을 겪었다. 나의 불안한 정신은 어느 곳에서도 쉬지 못했다. 정말이지 그랬다. 나는 나의 일부가 비탄에 빠진 걸 느꼈다.

마찬가지로 나는 방황과 착란의 밤도 경험했다. 나

의 영혼은 상처 입고 울었다. 기이한 화음, 불가사의한 속삭임이 들렸다. 흐릿하고 고통스러운 환영이 내 앞에서 춤을 추었다. 이런 밤들이, 눈의 장막이 내 감각과 상상을 에워쌌다. 내가 받은 느낌들을 뭐라 형용해야 할지 모르겠다. 난 전율했고, 열기에 휩싸였다.

　나는 런던의 잿빛 안개 속이나 창백한 햇살 아래랭보는 1872년과 1873년에는 베를렌과 함께, 그리고 1874년에는 제르맹 누보와 함께 런던에 체류했다, 이탈리아의 푸른 하늘 아래, 생고타르의 눈 속에서 그와 함께 있었다. 나는 그와 함께 많은 대로를 따라갔다. 숲과 초원을 가로질렀다. 한 달 동안 우리는 자바의 뜨거운 대기 속을 헤맸다. 이 나라의 경이로운 풍경과 사물 들이 아직도 내 눈을 가득 채우고 있다. 키 작고 살갗이 노란 섬사람들이 눈부신 들판에 서 있는 모습이 지금도 눈에 선하다. 무시무시한 태풍이 그를 집어삼키려 했을 때 나는 여전히 그와 함께 희망봉에 있었다. 나는 무서워서 눈을 감았고, 머리가 깨질 듯 아팠다. 침몰 직전이었다.

　그러고 귀환! 아! 얼마나 미칠 듯이 기뻤던가! 자기 자신 가운데 최고의 일부가 오랫동안 자리를 비운 걸

감내했다가 다시 온전하고 완벽한 자신을 되찾는 행복이란! 그가 명백히 나보다 우월했으니 하는 말이다. 피조물 가운데 가장 아름답고 고귀한 나무가 보잘것없는 풀포기를 지배하듯이 그는 나를 지배했다. 신이라는 예술가가 거대한 황금 조각상의 주물 속에 흘려 넣은 작은 은 조각처럼 나는 그에게 들러붙었다.

나는 그의 작품을 읽지 않고도 잘 알았다. 그 작품들을 생각했다. 그러나 나라면 마법 같은 그의 언어로 그런 작품들을 표현하지 못했을 것이다. 나는 감탄했고 이해했다. 그뿐이다.

그가 성년기에 접어들 때 나는 청소년기를 벗어났다. 우리는 육체적 힘과 지적 능력을 한껏 갖췄다. 그러자 운명이 우리를 갈라놓았다. 그와 나 사이에 수천 킬로미터의 거리가 벌어졌다. 우리는 각자 따로 선과 미를, 현재의 명예와 미래의 안전을 좇았다. 그는 남자로서, 나는 여자로서 겸허하고 성스러운 갈망을 품었다. 청춘의 첫 야망들은 꺼졌다. 우리는 그저 가족의 성스러운 밭에서 찬란한 햇살 이래 의무를 다

폴 베를렌, 〈런던을 거니는 베를렌과 랭보〉, 1872.

폴 베를렌, 〈파이프 담배를 피우는 랭보〉, 1872.

하고 존엄을 누리며 살 권리를 갖길 바랐다.

이어지는 11년 동안 우리는 한순간도 나약해지지 않고 목표를 좇았다. 멀리 떨어져서 서로를 잊지는 않았지만 저마다 너무도 일에 몰두해 거의 말도 나누지 못할 정도였다. 세상의 누구도 우리만큼 노력한 이가 없다. 우리만큼 인내하고 우리만큼 용기를 낸 사람이 없다. 우리가 각자 견뎌낸 육체적 피로는 인간의 통상적 가능성을 훌쩍 뛰어넘는 것이었다. 우리가 빠졌던 정신적 몰아 상태를 다른 어떤 인간도 우리만큼 용감하게 감내하지 못했다. 언제나 우리는 나약해지지도 망설이지도 않고 조금도 놀거나 해이해지지 않고 일했다. 청춘들이 누리는 즐거움을 전혀 맛보지 못했다. 우리의 삶만큼 엄격한 삶이 없었다. 카르멜회 수녀들, 트라피스트 수도사들조차 우리보다 기쁨을 누리고 살았다. 우리가 이런 삶을 산 건 미개해서도 아니고 인색해서도 아니다. 성스럽고 고귀한 목표에 대한 비전에 빠져 있었기 때문이다. 우리는 모든 노력을 그 목표에 쏟았다. 우리는 선량했고 자비심 많았고 관대했다. 가난과 불행을 보면 연

민을 느껴 능력껏 돕지 않고는 못 배겼다. 우리는 성실했다. 우리가 의도적으로 해를 입힌 사람이 있다면 일어나서 우리에게 돌을 던져도 좋다!

우리는 타인의 덕성을 믿었다. 우리의 덕성이 흔들림 없었기 때문이다. 그래서 우리를 돕고 지지하고 사랑해야 했을 사람들조차 우리를 배반하고 속이고 상처 입힐 수 있다고 의심하지 못했다. 우리는 거짓을 끔찍이 싫어했고, 사랑을 했다. 그렇다. 우리는 우리 자신처럼 주변 사람들을 사랑했다. 아! 이 시대를 살아가기에는 너무 천진했다……. 그러나 입을 다물자. 약해지지 말자! 우리가 믿고 행한 건 좋은 일이다. 다시 살게 되어도 우리는 똑같이 행동할 것이다.

탁월한 재능을 가진 건축가가 사랑과 경이로운 인내심을 품고 돌멩이를 하나씩 쌓아 찬란한 궁을 세우면서 용마루에 이르러 둥근 지붕에 마지막 황금 상징을 달 때 그토록 명예로운 건축물 덕에 삶의 온갖 혼란에서 벗어나 있다고 믿는데, 별안간 그 건축물이 와르르 무너져 귀한 재료 더미 아래 깔리는 걸 상상해보라. 바로 그렇게 우리의 희망과 미래는 무너졌다! 그토록 애써서 정성껏 쌓아 올린 건축물은 바로 우리 머리 위로 무너졌고, 우리는 그 잔해에 깔려 반쯤 죽을 정도로 다쳤다. 참으로 무자비한 조롱이다! 우리는 항구에서 난파한 꼴이었다. 몇 세대가 고생해서 완성한 성당을 벼락이 한순간에 파괴한 셈이다. 1년 내내 태양과 이슬이 일궈낸 보물을 수확기에 내린 우박이 일순간에 망쳐버린 꼴이다. 젊음, 일, 번영, 건강, 삶, 모든 걸 잃었고, 모든 게 끝장났다.

이렇게 우리는 서로 수천 리 떨어져서, 그는 흑인들의 나라를 떠돌며 뜨거운 태양과 매혹적인 그늘 아래에서, 나는 음침하고 추운 프랑스의 들판에서 거의 같은 순간, 성스러운 목표에 마침내 도달했다고 느끼던 바로 그 순간, 다른 차원, 다른 이유들로 우리의 빛나던 희망은, 참으로 품을 만했던 희망은 돌이킬 수 없이 무너졌다. 우리 둘에게 동시에 돌이킬 수 없는 불행의 시간이 울렸다.

1892년, 로슈

랭보의 마지막 여행

이 글은 1897년 10월 〈메르퀴르드프랑스〉에 처음 실렸다.

1891년 7월 23일에 다리를 절단하고 그는 두세 달 쉴 생각으로 마르세유에서 로슈로 왔다. 이곳의 완전한 고요 속에서 달아난 잠을 되찾을 희망을 품고. 그러나 성공하지 못했다. 운명은 사소한 일에서마저 고집스레 그에게 맞서는 것 같아 보였다. 무자비한 요소들이 동맹을 맺은 것 같았다. 추위, 안개, 비 그리고 그가 그토록 갈망하던 태양은 이따금 나타나 병적인 열기로 내리쬐어 너무 덥게 했고, 산책을 가게 유인해놓고는 소나기를 맞혔다.

　이 슬픈 해 1891년 동안 밀은 우박 세례를 맞았다. 10월 10일, 소나기와 우박이 쏟아진 끔찍한 밤이 지나자 서리가 내려 나무들을 모조리 헐벗게 만들었다. 계속된 여름비로 인해 수확물은 밭에서 반쯤 썩

어버렸다. 열기와 태양과 바람을 몹시 좋아하는 아르튀르는 이 기후변화에 무척 괴로워했다.

첫날, 천진한 정성으로 꾸며놓아 집에서 가장 예쁜 그의 방에 들어서면서 그는 진심 어린 감탄사를 쏟아냈다! "여긴 베르사유야!" 그러곤 곧장 가방을 풀어 물건들을 진열했다. 장애인의 필요와 지친 여행자의 욕망은 예상하던 것이었다.

그는 편안해지려고, 적응하려고 애썼다.

처음 며칠 밤의 불면, 열과 통증은 여행의 피로 탓으로 여겼다. 고독과 권태, 오락의 완전한 결핍은 고요라, 적막이라 불렸다. 그는 자기 자신에 대해, 동양에서 보낸 세월에 대해 거의 얘기하지 않았다. 어서 빨리 하라르로 다시 떠나고 싶다는 것 말고는. 그는 종종 말했다. "반드시 돌아가야 해." 그럴 때면 그는 자신의 다리 절단을 거의 받아들였고, 다리는 없지만 그곳에서 말을 타고 상당한 기간 동안 왕성한 생활을 이어갈 수 있도록 계획을 세우곤 했다.

그는 마르세유에서 산 의족이 아쉽다고 판단하고서 세심하게 움직일 수 있는 의족을 맞췄다. 목발은 거의 사용하지 않았다. 오른쪽 겨드랑이가 너무 아파서였다. 아문 절단 부위도 너무 아파서 나무다리를 견디지 못했다. 그렇지만 집에 가만히 앉아 있는 걸 지독히 싫어해서 그는 덮개 연 마차를 타고 자주 외출했다. 매일, 우리는 피곤하고 날씨가 좋지 않아도 오후 시간을 산책하며 보냈다. 그는 일요일과 경축일에 사람들이 나들이옷을 차려입고 모여드는 장소에 가는 걸 좋아했다. 군중과 섞이지 않고 사람들의 움직임과 행동을, 10년 사이에 일어난 풍습의 변화를 관찰하며 재미있어 했다.

그는 결혼 계획을 포기하지 않았다. 오히려 반대였다. 불행은 그의 마음속에 가정을 만들고 싶은 욕망을 들쑤셨다. 그러나 이제는 "부르주아 출신 여자의 멸시를 받을 위험을 무릅쓰지 않을 것이고, 고아원에서 과거가 있지만 제대로 교육을 받은 여자를 찾거나 아비시니아의 좋은 집안 출신 가톨릭 신도 여자와 결혼할 생각이다". 랭보는 하라르 시절 말기에 마리암이라는 이름의 아비시니아 여자와 함께 살았다.

그는 자기 얘기를 서의 하지 않았지만 아비시니아와

이자벨 랭보가 그린 아르튀르 랭보.

아덴의 풍습과 사실들에 대해서는 자세히 얘기했다. 단 몇 마디 말로 정확하고 매혹적으로 많은 걸 설명했다. 때로 그는 모든 걸 조롱하며 농담을 했다. 과거, 현재, 미래, 그를 둘러싼 사물들, 그가 아는 사람들 그리고 자기 자신마저 조롱했다. 그렇게 침대에 누워서도 그는 청중이 눈물을 흘리며 웃게 만들 줄 알았다.

그런데 그의 건강 상태는 나아지기는커녕 점점 악화되어갔다. 잠은 돌아오지 않았다. 이곳의 습기 때문이라고 곡해된 통증이 끝없이 그를 고문했다. 의사는 절단된 대퇴골의 부피가 커진 걸 확인했다. 겨드랑이 통증은 참기 힘들 정도가 되었고, 오른팔마저 뻣뻣이 굳어 불안한 징후를 보였다. 극복할 수 없는 치명적인 권태가 그를 엄습했다. 그는 예민해져서 걸핏하면 화를 냈다. 그리고 늑대의 땅이라는 별명을 가진 로슈를 못 견뎌 했다. 덜컹거리며 너무도 느리게 움직이는 마차를 타고 하는 산책은 그에게 극심한 고통을 안겼다. 겨드랑이가 너무 아파서 목발마저 사용할 수 없었기에 그는 옴짝달싹할 수 없는 신세가 되었다.

그는 어떡해서든 잠을 자고 싶어 했다. 처방된 물약은 거의 효과가 없었다. 민간 처방을 시도해보았는데 너무 잘 들어서 탈이었다. 양귀비 차를 마셨다가 며칠 동안 기이하게 몽롱한 꿈속처럼 지냈던 것이다. 뇌인지 신경인지 극도로 민감해졌고, 각성 상태에서 아편의 효과가 지속되어 환자에게 건강이 나아진 것 같은 거의 기분 좋은 느낌을 안기고, 기억력을 드높이고, 속내 이야기를 털어놓고 싶은 강력한 욕구를 불러일으켰다. 그는 문과 덧창을 완전히 닫고 등잔이며 양초며 온갖 불을 밝힌 채 작은 크랭크 오르간 연주에 맞춰 부드러운 소리로 자기 삶을 회상했고, 어린 시절의 기억들을 떠올렸으며, 내밀한 생각들을 드러내보였고, 앞으로의 계획과 구상을 얘기했다. 그렇게 해서 나는 알게 되었다. 그곳 하라르에서 지내며 그는 프랑스에서 문학으로 성공할 가능성을 보았지만 청춘기의 작품을 계속 이어가지 않은 걸 흡족해했다. 왜냐하면 "졸작이었으니까". 이자벨이 "왜 글을 계속 안 써요?" 하고 묻자 랭보는 이렇게 대답했다고 한다. "계속할 수가 없었어. 그랬다간 난 미쳐버렸을 거야." 그러곤 잠시 침묵한 뒤 정말 슬픈 표정으로 말을 이었다. "게다가 졸작이었으니까." 랭보의 『작품』(1912) 참조. 그러다가도 미래를 내다보는 순간에는 자신이 좋아하는 유산 상속자들을 지목하기 시작했다. 감정에 젖어 살짝 느려진 그의 목소리는 마음을 파고들 만큼 아름다운 억양을 띠었다. 이따금 그는 자기 언어에 동양식 어법을, 심지어 서양의 외국 언어들에서 차용한 표현들을 섞었다. 그런데 모든 게 명료하게 이해되었고, 그의 입속에서 묘하게 세련된 매력을 띠었다.

머칠이 지나도 중독 증세가 계속되더니 환각이 시작되었다. 이상하게도 기억력은 약해졌는데 반면에 쇠약해진 몸은 쉬지 않고 식은땀을 쏟아냈고, 매번 식사만 하고 나면 아무리 적게 먹어도 부분적인 울혈이 생겼다. 어느 날 밤, 그는 몸을 움직일 수 있다고 착각하고 눈앞에 나타났다가 방 한쪽 구석으로 달아나 숨은 허상을 붙잡으려고 혼자 침대에서 내려가려 했다. 뭔가 묵직하게 떨어지는 소리에 달려갔더니 그가 완전히 벌거벗은 채 양탄자 위에 뻗어 있었다.

일으켜 세웠더니 다친 곳은 전혀 없었지만 침대에서 떨어지면서 받은 충격이 즉각 효과를 냈다. 이때

부터 그는 흥분도 가라앉고 의식이 명료해져서 육체
적 통증을 잠재우길 거부했다. 모르핀으로 얻는 통
증 완화는 아르튀르 랭보가 내밀한 속내 이야기를 털
어놓게 만들 정도로 정신 상태를 바꿔놓기 때문이다.
그는 비탄에 잠겼다. 효과적인 치료제를 사용할 수
없게 되었으니 그냥 고통을 견디는 수밖에 없었다.

통증은 더욱 심해졌고, 권태는 더욱 압박해왔다.
그는 다시 질병을 길들이려 애썼고, 가능한 모든 치
료를 받았다. 체내 및 체외 치료제를 받아들였다. 시
약과 예방약, 마찰, 도유 마찰, 마사지. 그러나 이 모
든 건 효과 없이 그를 괴롭히기만 했다. 삼킨 약들은
그의 위를 긁었고, 마찰은 신경과 근육과 뼈를 지독
히 자극해서 병을 예민하게 만들었다. 오른팔은 문자
그대로 죽은 상태였지만 여전히 가련한 아르튀르에
게 고통을 안겼다. 식욕은 거의 완전히 사라졌다. 통
증은 온몸으로 퍼졌다.
정신 상태는 신체의 붕괴에서 자연히 느껴졌다. 절
망의 폭발, 눈물, 신경질적인 분노가 순식간에 천사

같은 연민과 애정 표현으로 돌변했다. 그는 영원히 마비되리라는—앞으로 꼼짝 못하게 되리라는—끔찍한 두려움과 기필코 나으려는 강렬한 욕망에 사로잡혔다. 그래서 몇 달이고 몇 년이고 야만적인 치료와 고약한 마약이며 이 모든 걸 기꺼이 견뎌냈을 것이다. 팔과 다리를 쓸 수 있게만 된다면.

긴 여행을 할 수 없다는 사실이 나날이 드러날수록 그는 하라르로 돌아가겠다는(적어도 얼마 동안이라도) 집념에 점점 더 강렬하게 사로잡혔다. 그래서 마르세유로 떠나기로 마음먹었다. 그곳이라면 적어도 햇살과 열기가 있고, 콩셉시옹 병원에서 그를 수술한 외과 의사의 치료를 받을 수 있을 것이다. 게다가 거기서는 몸이 조금 나아지면 아덴행 배를 쉽게 탈 수 있을 것이다.

1891년 8월 23일, 도착한 지 정확히 한 달 만에 그는 다시 떠났다. 여행은 시작부터 비관적이었다. 매우 들뜬 아르튀르는 새벽 3시부터 옷을 입혀달라더니 3킬로미터 정도 떨어진 역으로 가자고 요구했다. 6시 빈에 떠나는 기차였다. 그런데 하인들은 철길로 그를 실어 갈 마차에 아직 말을 매어두지 않았다! 아마 너무 이른 시간에 깬 탓인지 말은 도중에 걷기를 거부했고, 움직이게 하려고 채찍을 내리쳤지만 소용없었다! 아르튀르는 가죽 허리띠를 끌러 그 빌어먹을 말을 자극하려 시도했다. 헛수고였다! 우리가 역에 도착했을 때는 기차가 2분 전에 떠난 뒤였다……. 이제 어떡하지? 마차 사용이 환자에게는 지독히도 고통스러운 일인데, 5분 늦은 탓에 역과 마을까지 3, 4킬로미터 거리를 두 번 더 달려야 할 판이었다!

그는 아주 침울했다. 좌절한 나머지 잠시 망설이다가 마차를 타는 형벌을 겪느니 차라리 그 역에서 다음 기차를 기다리고 싶어 했다. 그러나 이른 새벽의 차가운 안개가 떨게 만들어 그는 집으로 돌아가기로 결심했다.

두 번째 기차는 12시 40분에 떠났다. 9시 반에 그는 화들짝 잠에서 깨더니 당장 떠나자고 명령했다. 두 시간이나 빨랐다. 그는 극한의 노력을 쏟아 혼자서 거의 완전히 옷을 입었다. 그러고 잔뜩 흥분해서 기필코 떠나고 싶어 했다. 빨리, 빨리! 아무것도 먹으려 들지 않았다! 오직 떠날 생각뿐이었다! 마차가 준비되었다. 그를 실을 참이었다. 그러자 그의 흥분이 갑자기 가라앉았다. 그는 주변을 살피더니 울었다. 눈물 사이로 그가 말했다. "오, 맙소사! 내 머릴 누를 돌멩이 하나와 죽을 장소를 찾을 수 없을까? 아! 가고 싶지 않아! 여기서 나의 친구들을 모두 다시 만나서 내가 가진 것을 친구들과 당신들에게 나눠주고 싶어."

그의 말에 실린 억양을 어떻게 전할 수 있을까. 그것은 친구들과 자기 삶을 애통해하며 우는 오만한 존재의 절망이었고, 죽음에 처한 순교자의 체념이었다. 그는 그 가련한 팔로 우리를 끌어안았다. 그리고 흐느꼈다. 우리는 그에게 말했다. "그래, 그냥 남아. 우리가 잘 보살펴줄게. 영원히 네 곁을 떠나지 않을 거야."

그러나 그를 옮기려고 오는 하인들의 묵직한 발소리가 들리자 그가 눈물을 억누르며 말했다. "아냐. 치료를 해봐야지."

우리는 떠났다. 이번에는 역에서 두 시간이나 힘겹게 기다려야 했다. 그는 발열성 흥분을 조금이나마 가라앉힌다는 구역질나는 물약인 강력한 신경안정

제 몇 방울을 마셨다. 물로 많이 희석해도 아주 고약한 맛이 나는 그 약을 원액 그대로 마시면서 그는 하인 둘이 선망하는 듯한 얼굴로 그의 동작을 좇는 걸 보았다. 그 멍청이들은 그가 달콤한 물약이라도 마시는 걸로 상상하는 듯했다. 하인들을 향한 멸시가 아르튀르에게 예전의 신랄한 발랄함의 흔적을 일깨웠다. 그는 우리에게 자신의 생각을 전했다. 역장이 가꾸는 미니어처 화단을 보고도 그는 특유의 기지를 발휘했다.(우리에게 그늘을 드리운 마로니에 나무 아래, 여윈 달리아 한 송이를 구슬픈 과꽃 몇 송이가 감싸고, 그 모든 걸 모래가 동그랗게 에워싸고 있다).

호루라기 소리가 나고 기차가 왔다. 아르튀르는 의자에 실린 채 들려서 객차에 올려졌다. 안타깝지만 통증도 함께. 그는 간신히 쿠션에 몸을 기댔다.

기차의 진동이 너무 잔인해서 그는 운다. 오! 이 절단 부위, 대체 어떤 망나니가 자른 거야! 그는 절단 부위를 두 손으로 감싼다. "너무 아파, 너무 아파!" 거듭 외친다. 맞은편 의자에 베개와 쿠션이 쌓여 있다. 그는 거기에 기대려고 일어섰다가 앉으려고 시도한다. 그러나 어떤 자세도 편치가 않다. 등, 옆구리, 어깨, 팔, 특히 오른쪽 어깨와 겨드랑이와 절단 부위가 끔찍한 통증의 진원지다. 그는 애쓰다가 기진맥진해서 털썩 쓰러진다. "여행이 재미있을 줄 알았는데. 조금이라도 기분 전환이 될 줄 알았는데. 이제 끝났다는 걸 알겠어. 앞으로 더는 아무 즐거움도 누리지 못할 거야. 난 틀렸어."

아마뉴. 기차를 갈아타고 20분간 정차.

격식 갖춰 부탁하자 철도 직원들이 아르튀르를 내리기 위해 민첩하게 움직인다. 그들은 그를 휠체어에 태워 활짝 열린 대기실로 데려간다.

지난달 그가 이곳에 도착했을 때만 해도 환승이 오늘보다 덜 힘들었고, 그는 앞날에 대한 희망을 품고 있었다……. 그는 슬픈 얼굴로 지난 여행과 지금의 여행을 비교하며 자신이 얼마나 쇠약해졌는지 확인한다. 수상쩍은 붉은 반점으로 뒤덮인 그의 뺨 위로 굵은 눈물이 흘러내린다. 그가 투덜거리는 건 이기심 때문도 무료함 때문도 아니다. 오히려 그는 선의를 갖고 동행하는 사람의 필요를 추측해서 염려하고,

그 사람을 대접하는 데 아무 부족함이 없게 하라고 부드럽게 부탁한다.

드디어 승객들에게 승차를 촉구하는 소리가 들려온다. 매우 친절한 역장이 아르튀르를 열차에 올린다. 그러나 "조심하세요"라는 그의 당부와 "조심조심해서 가주세요"라는 우리의 당부를 받고 짐꾼들이 눈에 띄게 조심했지만 아르튀르의 입술에서는 고통의 비명이 줄곧 새어나온다. 이 무슨 고난인지! 그는 어떤 상태로 파리에 도착하게 될까?

그는 빨간 쿠션을 깔고 앉았다. 여행 가방을 그의 옆에 놓고 오른팔을 가방 위에 얹었다. 아픈 팔을 기댄 딱딱한 지지대에 외투와 담요를 둘러 조금 폭신하게 만들었다. 왼쪽 팔꿈치는 창틀에 올렸다. 이런 자세라면 행여 요동이 있더라도 가련한 절단 부위가 덜 고통스럽다. 그러나 얼마나 피곤한 자세인지! 그는 말했다. "이 저주받은 다리의 나머지도 잘라버려야 할 것 같아. 병든 부위가 남아 있는 게 분명해. 너무 아파." 겉으로 보기엔 완전히 멀쩡한데. 어쩌면 신경통이나 류머티즘이 아닐까? 잘린 다리가 지독히 민감한 건 병든 상태 때문이 아닐까? 설득력 있는 추정보다는 나으려는 욕망이 아르튀르를 사로잡는다. 피로에 기진맥진한 그는 반수 상태의 무기력에 빠져든다.

그는 잠이 든다. 그런데 어떤 잠인가? 눈은 뜨고, 입가에는 형언할 수 없는 고통의 표현이 어려 있다. 열이 뺨을 움푹 꺼지게 만들고, 타는 듯한 반점을 곳곳에 남겼다. 깡마르고 핏기 없는 가련한 손은 기차의 진동에 무기력하게 내맡겨졌다. 그는 정말 병자 꼴이다.

처음에는 객차에 우리 둘뿐이었다. 역에 멈춰 설 때마다 여행객들이 타려고 문을 열었다. 그러나 환자를 보고는 좀 더 쾌활한 객차를 찾아 떠났다. 마지막으로 한 신혼부부가 올라탔고, 곧이어 젊은 부부가 어린아이들을 데리고 탔다. 그들은 우리 쪽으로 들어왔다. 그들은 "이 사람에게 조심해주세요" "건드리지 말아주세요" "다치게 하지 말아주세요"라는 소리를 들을 때마다 흠칫 놀라며 그에게 조금 더 자리를 만들어주려고 불편하게 바짝 붙어 앉았다. 그는 잠에서 깨더니 기이하게 빛나는 눈길로 사람들을 바라보

왔다. 그러나 극도로 지쳐 무심한 표정이었다. 그러다 그는 이내 고통스러운 무기력 상태에 빠졌다.

신혼부부는 쾌활하고 생동감 넘치게 담소를 주고 받았고, 아이들은 장난치며 웃었고, 아이들의 부모는 대화를 나누었다. 도시와 시골이 지나갔고, 포도밭과 수확물, 최근에 쌓아 올린 건초 더미들이 빠르게 지나갔다. 곳곳에서 일요일의 휴식이 느껴졌다. 역에도, 대로에도, 오솔길에도, 들판에도 유쾌하고 떠들썩한 사람들이 무리 지어 있었다. 모두가 8월의 태양 아래 반짝이는 나들이옷을 입고 있었다.

모Maux 그리고 파리 근교의 작은 역들. 북적임이 두 배가 되고, 삶의 모습들이 철로를 따라 어지럽게 이어졌다. 많은 전원주택이 환희에 차 있었다. 정원과 활짝 열린 창문들에서 웃음소리와 노랫소리, 기쁨의 외침과 음악 소리가 새어나왔다. 어느 강 위로 보트 여러 대가 느긋이 미끄러지고 있었다. 하얀 돛들이 물속에 비쳤다. 밝고 예쁜 옷들이 곳곳에 보이고, 사람들이 행복한 얼굴로 거닐고 있다.

파리 외곽에서 축제가 열리고 있다. 축제장으로 가

는 사람들이 발걸음을 재촉하고 있다. 이 모든 게 삶이다! 그런데 지칠 줄 모르고 호기심 많은 여행자 아르튀르는 고통에 시달리느라 무감각해져 객차의 숨막히는 구석에서 꼼짝 않고 있다.

파리. 저녁 6시 반쯤 되었다. 피로로 인한 마비가 하차의 형벌과 불안을 완화시켜주었다. 잠시 망설인다. 어쩌면 마르세유보다 여기서 훨씬 효과적으로 치료를 받을 수 있지 않을까? 게다가…… 그는 그동안 거의 야만적인 세월을 보냈으니 파리에서 문명화된 세상을 응시해보는 것도 좋을 것이다……. 어쨌든 우리는 파리에서 잘 것이다. 밤 동안 생각해볼 것이다.

그러나 동역에서 호텔까지 이동하는 동안 비가 내리기 시작했는데, 마차가 끔찍하게 흔들리자 아르튀르는 파리에서 체류하길 거부했다. 그는 여정을 바꿔 마부에게 바로 리옹 역으로 가자고 말했다.

일요일이라 대로에도 골목길에도 거의 아무도 없었다. 비 내린 도로는 반짝였고, 처마 끝 배수통은 구슬프게 울렸다. 가게들은 닫혀 있었다. 음산했다. 아르튀르는 기진맥진해서 열띤 눈으로 창문 너머를 내다보았다.

그는 리옹 역에서 벨벳 의자에 애처롭게 널브러진 채 마르세유행 급행열차의 출발 시간을 초조하게 기다렸다. 아침부터 아무것도 먹지 않은 그는 뭔가를 먹으려고 시도했다. 그러나 뭘 먹으려고만 하면 구역질이 나서 포기하고 말았다. 무기력과 열이 그의 뇌를 들쑤셔 거의 착란에 빠지게 했다. 그는 어느 장교의 군복을 보고 잠깐 애처롭게 들떴다. 그러더니 수면제를 구해달라고 했다. 열로 인해 들떴다가 그는 이내 깊은 탈진에 빠져 축 늘어졌다. 기차가 출발하려는 밤 11시 즈음 역무원들이 극도로 조심해서 그 가련한 여행객을 들어 예약된 침대칸에 길게 눕혔다.

우리는 침대칸이 폭신해서 기차의 요동을 완화해주리라고, 섭취한 수면제의 효과와 하루의 피로 때문에라도 그가 잠을 잘 수 있으리라고 기대했었다. 그러나 전혀 그렇지 않았다. 슬픔과 굶주림, 쇠약과 통증으로 고열이 났다. 그는 착란 증세를 보였고, 급행열차가 아르튀르 랭보를 마르세유로 실어 가던 이 끔찍한 밤 동안 환자와 동행한 사람은 협소한 공간에

제프 로스망Jef Rosman, 〈부상당한 랭보Arthur Rimbaud blessé〉, 1873.

서 무릎 꿇고 웅크린 채 상상할 수 없는 절망과 육체적 고문의 끔찍한 정점을 지켜볼 수밖에 없었다.

아침에 리옹에서 론 강 위 다리의 황금빛 별들이 일출 햇살에 반짝일 때 탈진한 여행객은 일종의 혼수상태에 빠져 몇 시간이나마 슬픈 현실을 잊고 잠이 들었다. 그러나 무시무시한 꿈이 그의 잠을 채웠다. 그는 악몽을 꾸고 식은땀에 흠뻑 젖은 채 헛소리를 하며 깨어났다. 고통에 시달리는 가련한 몸을 좁은 잠자리에서 움직여보려고 애써보지만 꿈쩍 않는다. 경직이 더 심해진 것이다.

남쪽의 열기가 느껴졌다. 우리는 좁은 객차 속에서 숨이 막혔다. 침대칸은 지옥 같은 감옥이었다. 빠져나갈 길은 없었다.

아를. 카마르그Camargue. 마르세유. 저녁 무렵 아르튀르는 기차에서 내려져 콩셉시옹 병원으로 실려 갔다. 그리고 장 랭보라는 이름으로 입원했다.

그 병실에서 그는 살아서 나오지 못했다.

1897년 샤를빌